SALVATA DAI BERSERKER

LEE SAVINO

LIBRO GRATUITO

SALVATA DAI BERSERKER

*Una novella indipendente e **bollente** che vede come protagonisti un enorme guerriero dominante, e la donna che reclama come sua compagna.*

Knut:

SONO UN GUERRIERO BERSERKER, uno dei migliori del branco. Per questo motivo, quando gli Alpha mi mandano in missione, niente mi impedirà di rintracciare i nostri nemici e consegnarli alla giustizia.

POI HAZEL INCROCIA il mio cammino…

.   .   .

Come un fiore nel deserto, è giovane, è fragile ed è spaventata. È in fuga da un mago malvagio che vuole il suo potere soltanto per sé.

Lei è mia, ma non lo sa ancora.

KNUT

«Non mi piace questo posto.» Leif era al mio fianco, con l'ascia issata, pronto a colpire un nemico invisibile.

Grugnii in segno di assenso e mi accigliai osservando la natura selvaggia, un groviglio di cespugli e rovi troppo cresciuti. La foresta aveva lasciato il posto al terreno sabbioso e i pochi alberi presenti erano storti e malformati, con le radici visibili e sbiancate.

«C'è qualcosa che non va nell'aria», continuò il guerriero dai capelli rossi. «Non voglio trattenermi troppo.»

«Nemmeno io», gli dissi. «Ma andiamo avanti finché non troviamo i traditori.»Eravamo sulle tracce dei tre lupi che avevano rubato la quarta sorella dal branco. I ladri ci avevano tenuti impegnati in un'allegra caccia, nei giorni e nelle notti precedenti, e ora eravamo stanchi, stremati dal viaggio e con l'umore a pezzi.

Il vento scosse gli alberi, producendo un suono simile al tintinnio delle ossa.

«Cos'è questo odore nella brezza?» Leif alzò la testa e annusò l'aria. Io feci lo stesso, e quasi soffocammo entrambi.

«C'è puzza di morto», tossii.

«Cadaveri», concordò Leif. «Carne in putrefazione. Non mi meraviglio che i ladri si nascondano qui: nessuno si avvicinerebbe a questo posto, se non fosse costretto.»

«Andiamo avanti.» Feci un cenno al resto dei guerrieri – una banda di venti uomini, tutti pesantemente armati.

«Ascoltate...» Brokk, un bruto guerriero dai capelli castani, alzò un dito. «Lo sentite?»

Dopo una pausa, lo sentimmo tutti, esattamente come lui.

«Silenzio», osservò Leif. «Niente uccelli.»

«Rolf ha delle notizie.» Brokk mosse la testa in direzione di un grande lupo grigio che trotterellava verso di noi. Saltò su un masso per aggiornarci.

Ho fatto una ricognizione, riportò il lupo, parlando attraverso i legami del branco nella nostra mente. *C'è una radura rocciosa ai piedi di una collina dove si stanno aggirando molti Draugr.*

«Draugr?»si acciglò Leif. «Non sento quella parola da quando abbiamo lasciato le Terre del Nord.»

Rolf condivise un'immagine dei Draugr con noialtri – uomini magri con pelle grigiastra e volti inespressivi.

Puzzano. Il lupo starnutì. *Ce ne sono molti e sembrano essere a guardia di una caverna. Ho percepito una magia contaminata davvero potente.*

«Chiunque sia la strega o lo stregone che ha creato questi esseri, deve avere dimora all'interno della caverna» ipotizzò Leif.

«Un tale male dovrebbe essere cancellato» mormorò un altro guerriero, guadagnandosi l'assenso di pochi altri.

«Cosa facciamo, Knut?», chiese Leif. «Gli Alpha si aspettano che troviamo i ladri.»

Soppesai la mia risposta. In assenza degli Alpha, la decisione spettava a me. Una parte di me urlava di gettarmi in battaglia, ma non l'avrei fatto: davo valore alle vite di quegli uomini e li consideravo miei amici, nonostante fossi attento a non abbassare la guardia neanche con loro.

I traditori sono vicini, disse Rolf. *Ho sentito il loro odore nel bosco, prima di imbattermi nelle creature puzzolenti intorno alla grotta.*

«Continuiamo la nostra ricerca», dissi. «Se il nostro cammino incrocia queste creature, combatteremo. Fino a quel momento, rimarremo sulle tracce dei tre traditori.»

Possiamo rimanere nella foresta e aggirare la grotta, così da evitare i Draugr.

Facendo cenno al lupo, lasciai che Rolf ci facesse strada. Il resto del branco mi seguì a ruota. Ci muovevamo con la furtività dei lupi, addentrandoci nella foresta e usando il nostro collegamento mentale per andare nella giusta direzione. Il nostro percorso ci portò vicino alla radura sabbiosa che aveva visto Rolf. Al di là di un sottile schermo di alberi, c'erano centinaia di uomini dal volto pallido, i corpi ridotti quasi a pelle e ossa. Chiunque fosse il mago che animava quegli esseri, non manteneva in salute i suoi servitori. Quegli uomini sembravano cadaveri ambulanti. Forse lo erano.

Questo spiega la puzza. Leif si mise accanto a me, con gli occhi brillanti di una luce innaturale. Un segnale che la sua Bestia era vicina alla superficie, pronta a liberarsi.

Toccai il braccio del rosso e gli feci cenno di seguirmi nella fitta foresta, dove non ci sarebbe stata possibilità di essere percepiti dai cadaveri ambulanti mentre li studiavamo.

Potremmo ucciderli tutti, osservò Leif. *Potrebbero volerci giorni, ma potremmo provarci.*

Non conosciamo questa minaccia. Non è saggio innescare una battaglia.

Il grande guerriero Knut sta scappando da una battaglia?

Lo guardai male e lui mi fissò di rimando, incontrando il mio sguardo per un interminabile secondo prima di lasciarlo cadere per riconoscere la mia autorità di lupo più forte.

Non sono un codardo, Leif. Sfidami di nuovo e ti dimostrerò la mia dominanza. Ma prima, lasciaci trovare i ladri e riportarli agli Alpha per punirli.

Leif scosse la testa in segno di assenso. Mi lasciai scivolare addosso la sua insolenza. La tensione era alta e il nemico vicino. Situazioni come quella mettevano alla prova la gerarchia del branco. Se fossimo tornati a casa vivi e con ancora la voglia di lottare, lo avrei assecondato.

Accelerammo il passo per raggiungere il resto dei guerrieri.

Ho perso le tracce, si lamentò Rolf. Il lupo camminava con il naso vicino al terreno, fermandosi di tanto in tanto per starnutire. *Dannati Draugr puzzolenti.*

Posso aiutarlo, Leif mi guardò a malapena per chiedermi il permesso, prima di mettere da parte le armi e cominciare a togliersi i vestiti.

«Aspetta» dissi ad alta voce prima che Leif completasse la trasformazione in lupo. «Non sappiamo se quegli esseri percepiscono la magia.»

Leif ringhiò in risposta: non gli importava. Voleva soltanto provocarli, voleva combattere.

Normalmente, sarei stato d'accordo. Ma non oggi: c'era troppo, in gioco.

«Dobbiamo concentrarci», dissi. «I tre ladri ci hanno condotti qui. Perché?»

«Volevano che il fetore di quegli esseri ci portasse fuori strada», ipotizzò un altro guerriero, un vichingo dalle spalle larghe di nome Thorbjorn.

«Ma hanno tra le mani il tesoro più prezioso per il branco. Non rischierebbero di avvicinarsi così tanto a questo pericolo.»Scossi la testa.

Knut ha ragione, disse Rolf. *I ladri non vogliono restare in questo posto. Forse ci si sono imbattuti per caso e adesso stanno cercando di evitare sia noi che loro.*

«Perché siamo qui a parlare quando potremmo uccidere qualcosa?» la voce di Leif era diventata più gutturale.

«Non è da te, tutta questa voglia di combattere» dissi a Leif. La vicinanza del nemico stava influenzando il temperamento del rosso.

«Non è da te, evitarlo» rispose lui.

Gli ringhiai contro.

Mi prudeva il corpo, ormai pronto per la trasformazione, ma opposi resistenza. Se avessi ceduto alla magia in quel momento, in prossimità di una così grande minaccia, non mi sarei trasformato in lupo, ma nella mia terza forma: la Bestia. La Bestia era potente, ma pericolosa. Un'arma di ultima istanza.

Controllatevi, il mio ordine crepitò come una frusta attraverso i legami del branco, ed ogni guerriero raddrizzò la schiena.

«La magia diabolica ci sta influenzando», dissi al branco a voce alta. «Dobbiamo andare via da questo posto, prima che provochi la furia Berserker.» Il petto di Leif si gonfiò e abbassò, ma si rimise gli stivali e riprese le armi.

Le mie scuse, Knut, mi disse in privato. Il bagliore nei suoi occhi si spense mentre riprendeva il controllo sulla bestia.

Ho trovato le tracce, ci disse Rolf.

«Proseguiamo», ordinai.

Non eravamo andati avanti se non di qualche passo, quando qualcosa si schiantò nella parte di foresta davanti a noi. Tesi la mano per impedire a Leif di proseguire. Sentii i respiri dell'intero branco sulla nuca, mentre si fermavano.

Qualcosa sta venendo da questa parte. Leif si irrigidì, con le mani che gli coprivano il naso, anticipando la puzza di marcio.

Annusai l'aria e sbattei le palpebre. Invece della puzza di cadavere, il naso mi si riempì di un profumo dolce e floreale.

Seguendolo, camminai in avanti, con l'ascia e lo scudo abbassati verso il suolo.

«Knut»,mi chiamò Leif, «cosa stai facendo? Potresti imbatterti in una trappola.»

Lo sentii appena: volevo gettare le armi e correre alla fonte di quel meraviglioso odore, più di ogni altra cosa. I miei muscoli si tesero. Avevo bisogno di correre, di cacciare. Sentii il membro indurirsi nei pantaloni: dovevo accoppiarmi.

Il dolce profumo si mescolò al vento putrido e sbuffai, uscendo dal mio stordimento.

«Knut? Cosa c'è?» chiese Brokk.

«C'è qualcosa là fuori», risposi. «E non è un cadavere. È qualcosa di ancora vivo.»

«Vuoi che vada in ricognizione?» propose Leif.

Grugnii. Avevamo bisogno di sapere in che pericolo ci stavamo cacciando. Ma volevo andarci da solo, per vedere se fossi riuscito a trovare e reclamare il premio dall'odore così dolce.

«Aspettate qui», dissi, addentrandomi. Avevo fatto solo due passi prima che un piccolo corpo si schiantasse contro i cespugli davanti a noi e sbandasse fino a fermarsi. La figura era bassa, dagli arti sinuosi, con un volto piacevole e i capelli color castano brillante. La giovane donna urlò quando ci vide, gettando in alto le mani – in cui teneva una specie di bastone – e corse via, da dove era venuta.

HAZEL

Corsi con la massima velocità che mi permettevano le mie gambe. Dietro di me, quelle creature raccapriccianti, i servitori del Re dei Morti, mi inseguivano barcollando.

Potevo riuscire a seminarli, ma avevano qualcosa in più della velocità, come arma.

La testa mi pulsava, una conseguenza persistente dell'incantesimo che mi avevano fatto. *Stanca. Infreddolita. Incapace di scappare.* L'incantesimo funzionava come una rete invisibile che mi rallentava, e le mie gambe divennero pigre, esattamente come i miei pensieri.

Ti prego, pregai la Dea. *Ti prego.* La mia mano sinistra mi portò al petto il pezzo del bastone della strega, sperando potesse aiutarmi.

Quando raggiunsi il confine con la foresta, mi misi a correre tra la boscaglia – finendo sul sentiero di un gruppo di guerrieri.

Gli uomini si bloccarono, fissandomi. Urlai. Ero inseguita dai Grigi e dei guerrieri bloccavano il mio percorso. Il più grosso in prima fila, un muscoloso biondo con una grande ascia da guerra tra le mani, fece un passo avanti.

Sfrecciai via, con i rami che mi frustavano i polpacci. Il respiro mi si bloccò in gola mentre fuggivo, pregando che quegli uomini non mi seguissero.

KNUT

Il percorso in cui era fuggita la donna era segnato dai rami spezzati. I guerrieri parlarono all'unisono: *Cos'era? Una donna! Era suo, l'odore che avevi sentito?* Alcuni di loro volevano trasformarsi in lupi, lamentandosi famelici a causa della voglia che avevano di correre e cacciare.

«Fermi», sbottai. «Il nemico è davanti a noi.»

Il branco si dimenò al mio ordine, ma, come lupo più dominante, li tenni buoni con il mio potere.

La mia stessa Bestia ruggiva per essere liberata, dimenandosi per sfuggire al mio controllo. La donna era scalza, spaventata, non indossava altro che un sottile tessuto bianco – una semplice coperta che avrebbe potuto indossare per dormire. Non avrebbe dovuto trovarsi in quelle terre selvagge, soprattutto non in prossimità di quei disgustosi Draugr. Aveva bisogno di aiuto.

Aveva bisogno di me.

«Profuma di fragole», disse Leif, stupito. Di tutti i lupi, lui era quasi abbastanza forte da infrangere i miei comandi. In uno stato di stordimento, fece per muoversi in avanti, ma io mi voltai con un ringhio.

«No. Questa preda è mia.»

HAZEL

Il mio cambio di direzione mi portò di nuovo fuori dalla foresta, sulla strada dei Grigi. Virai di nuovo, trovando rifugio in una macchia di pini ai margini della grande radura sabbiosa, troppo vicino alla caverna da cui ero fuggita per potermi rilassare. Mi lasciai cadere dietro un masso per recuperare fiato.

Non sapevo dove andare, né verso quale direzione fuggire. I Grigi erano ovunque. Mi avevano seguita da quando ero scappata dalla caverna dove il loro padrone – il Re dei Morti, uno stregone abbastanza potente da rendere sue schiave quelle orrende creature – dormiva beatamente.

Il Re dei Morti aveva prosciugato la mia amica, Sari, di tutto il suo sangue. Se non fossi scappata, sarei stata la prossima.

Un rumore sibilante mi avvisò che i Grigi si stavano avvicinando al mio nascondiglio. Mi rannicchiai, tremante. Avevo un bastone in mano – un pezzo di quello della strega che era magicamente venuta in mio soccorso, ma nessuna arma. Il tempo passato al convento, a lavorare al telaio con le altre orfane e ad occuparmi del giardino, aveva abbronzato i miei arti e li aveva anche rafforzati, ma non li aveva preparati a difendere la mia stessa vita.

Strinsi più forte il legno intagliato, pronta per la lotta finale. I Grigi non mi avrebbero trascinata di nuovo al cospetto del Re dei Morti, non senza lottare.

Almeno il mal di testa con cui le creature mi avevano maledetta era sparito. Era svanito nell'istante in cui avevo posato gli occhi sull'enorme guerriero a capo del gruppo di uomini nella foresta. La sua fronte si era aggrottata, quando mi aveva vista, e tutto il suo corpo sembrava intenzionato a corrermi dietro, anche se aveva alzato una mano per tenere a bada i suoi uomini. Qualsiasi cosa fosse quella sensazione che mi sembrava intenzionata a spingere i miei piedi a correre verso di lui e a nascondermi tra le sue braccia, sapevo che l'aveva provata anche lui.

Al di là del masso, lo stesso suono sibilante continuava ad avvisarmi dell'approssimarsi dei Grigi. Mi stavano cercando, setacciando la zona sabbiosa, e presto avrebbero raggiunto il mio nascondiglio.

Un'ombra mi ricadde addosso mentre mi alzavo per correre. Mi voltai per affrontare l'inaspettata minaccia.

Il guerriero biondo incombeva su di me. Il mio cuore si fermò quando alzai lo sguardo, piegando il collo il più possibile. Grande come una quercia, i suoi muscoli tesi tendevano la giacca di pelle e i calzoni che indossava. Aveva ancora tra le mani l'enorme ascia e lo scudo, ma i suoi passi erano leggeri e silenziosi come quelli di un predatore.

Si avvicinò e io mi lasciai sfuggire uno squittio.

«Cosa ci fai qui, coniglietta?» I suoi occhi mi inchiodarono, caldi e dorati.

Indietreggiai, raggirando il masso. In quel momento, il guerriero era una minaccia più seria dei Grigi.

Posò l'arma, tendendo la mano ora libera verso di me mentre si avvicinava. «Tranquilla, stai tranquilla», disse,

facendo quasi le fusa. Quel suono alleviò la tensione che atta-
nagliava la mia schiena. «Dobbiamo andare via da qui,
ragazza. Non sei al sicuro.»

La sua grande mano, ruvida e costellata di cicatrici, continuava ad essere tesa verso di me. Un altro passo e mi avrebbe
presa.

Fui presa dal panico, e barcollai all'indietro. «No.»

«Basta», sbottò, e le mie ginocchia quasi cedettero a quell'-
ordine. Aveva una sorta di potere su di me: volevo fare esattamente come mi diceva. Ma ero stanca di prendere ordini
dagli uomini.

Si lanciò su di me e io sfuggii dalla sua presa, finendo
dritta nelle mani fredde e cadaveriche dei Grigi.

KNUT

Un ringhio mi si levò dal petto mentre la mia donna finiva nelle grinfie del nemico. Il Draugr sibilò trionfante, con le dita grigie che si aggrappavano alle sue belle braccia in una morsa dolorosa, trascinandola indietro, lontano da me.

Lei urlò e io cominciai a vederci rosso.

Ripresi la mia ascia e caricai.

Le creature mi rivolsero uno sguardo di sorpresa, proprio un attimo prima che gli staccassi la testa. L'orribile rumore sibilante cessò quando la lama tagliò i loro colli, con la stessa facilità con cui si staccano i petali secchi da un fiore. Del fluido uscì dalla ferita mentre i corpi cadevano a terra. Indietreggiai quando ne sentii il fetore.

La donna urlò di nuovo, ora coperta di sangue, e lotto per sfuggire alla presa degli uomini ormai morti. I corpi senza testa si aggrappavano ancora a lei, finché non li colpii con il mio scudo, per poi dargli un calcio per far sì che liberassero la mia donna.

Dita ossute mi afferrarono le braccia, tirandomi indietro, e io ruggì, togliendomi i Draugr di dosso. Le creature cadaveriche avevano la pelle appiccicosa al tatto e puzzavano ancora peggio, quando i loro corpi venivano squartati a metà. La loro carne marcia non avrebbe fatto gola nemmeno al più affamato dei lupi.

Con i cadaveri ammucchiati ai piedi, ululai in trionfo. Quella sarebbe stata una battaglia di cui i bardi avrebbero cantato le mie lodi.

«Attento!», urlò la donna. Mi voltai appena in tempo per schivare una spada. La lama arrugginita mi passò sulla testa. Mi preparai a difendermi. Quando la spada tornò a guizzare verso di me, la presi a mani nude, strappandola dalla presa del Draugr prima di lanciarmi all'attacco. Avevo perso lo scudo, ma la mia ascia fece il suo lavoro, riducendo il Draugr in un ammasso di membra grigie.

Un leggero sussulto mi fece voltare.

La donna era in piedi e mi fissava, tenendosi il pezzo di legno contro il petto come una bambina. Aveva urlato per salvarmi: non sapeva che i Berserker non sentivano nulla, quando presi dal fervore della battaglia – né dolore, né paura.

Alcuni Grigi si avvicinarono mentre le prendevo il polso, strattonandola in avanti. «Vieni, dobbiamo scappare.»

Guardò la mia mano con orrore. Il sangue mi colava dal palmo, ma la ferita aveva già cominciato a chiudersi, la guarigione Berserker all'opera. Ma non era quello il motivo del suo terrore.

Dal braccio mi era spuntato del pelo, e le mie dita si erano trasformate in artigli affilati – il principio della trasformazione in Bestia.

La tirai a me e lei si dimenò scalciando, finché non la sollevai sulle mie spalle.

Tenendola ferma con una mano, presi l'ascia con l'altra e corsi via.

HAZEL

Il vento mi tolse il fiato, non riuscivo a gridare. Con le mani strette alla schiena del guerriero, sollevai la testa quel tanto che bastava per vedere i Grigi che ci inseguivano. Il guerriero si immerse nella foresta, muovendosi più velocemente di quanto fosse umanamente possibile.

Aveva afferrato la lama a mani nude, aveva distrutto i servitori del Re dei Morti con una forza e una velocità disumane, e, per un attimo, avevo intravisto la forma bestiale sotto quella umana, il mostro che aspettava di essere liberato.

Chiunque fosse il mio rapitore, era più di un semplice uomo.

Quando mi tornò il fiato, cominciai a dimenarmi. Avevo ancora tra le mani il pezzo del bastone della strega – la mia mano sinistra lo stringeva così forte che forse non sarei mai riuscita a lasciarlo andare. Con esso colpii le gambe del guerriero, e la sua mano mi colpì il sedere.

«Smettila», grugnì lui.

Si tuffò in un ruscello e guardò in avanti. Quando

raggiunse un punto più profondo, mi trascinò con sé nell'acqua. Io guaii, agitandomi nell'acqua fredda.

Mi prese tra le sue braccia brutalmente forti, uno che mi cingeva la vita e una mano sulla bocca.

«Fai silenzio», mi disse all'orecchio con voce roca. «Dobbiamo lavare via l'odore dei cadaveri ambulanti dai nostri corpi. In questo modo, non potranno seguirci.»

Mi battevano i denti, sotto il suo palmo che mi sigillava le labbra, ma mi rilassai.

«Brava bambina», mormorò. «Andrà tutto bene. Non lascerò che ti prendano.»

Le mie gambe erano quasi intorpidite, prima che mi prendesse di nuovo in braccio e uscisse dall'acqua che, nonostante fosse gelida, non sembrava scalfirlo neanche minimamente.

Troppo infreddolita e scioccata per gridare, mi aggrappai a lui, una fonte di calore, se non altro. Avrei potuto dimenarmi e urlare, ma nessuno, oltre ai Grigi, mi avrebbe sentita. Qualsiasi cosa fosse quel guerriero, ero costretta a stare con lui finché non sarei riuscita a fuggire.

Nel disperato tentativo di riscaldarmi, premetti il viso contro la pelle calda alla base della sua gola, appena sopra il colletto della giacca. Il mio corpo tremava contro il suo petto massiccio.

Il guerriero attraversò il bosco a grandi passi, trasportandomi come se non pesassi né più né meno della peluria di un dente di leone.

«Cos'erano quelle cose?» mormorò.

«Non lo so», risposi, battendo i denti. «Mi hanno portata nella caverna perché il loro padrone potesse dissanguarmi.»

Un ringhio mi rimbombò sotto l'orecchio, ma non era diretto a me. Mi strinse più vicino a sé.

«Hai visto lo stregone che le ha create?»

«Il Re dei Morti... Sì, l'ho visto.» Sembrava un cadavere,

in effetti, avvolto in abiti funebri e disteso su una lastra di pietra con l'armatura vicino, pronto per quando sarebbe risorto e avrebbe guidato un esercito di Grigi in conquista. «Dorme ancora. I suoi servitori ci hanno portate lì come sacrificio per liberarlo.»

«*Vihanno portate?* Hanno catturato più di una ragazza?» Improvvisamente, il guerriero cambiò rotta, sfrecciando più velocemente tra gli enormi alberi.

«Sì.» Non sapevo perché glielo stessi dicendo, o perché mi sentissi così al sicuro, tra le sue braccia. Non sapevo nemmeno il suo nome! «C'era un'altra ragazza con me, si chiama Fleur. Per favore, devi aiutarla.»

Il guerriero imprecò e si mise a correre, così veloce che il paesaggio intorno a noi si offuscò.

Gli cinsi le spalle con un braccio per tenermi più stretta a lui. Aveva un leggero cipiglio in volto, mentre si insinuava tra gli alberi. Se lo avessi incontrato al mercato di un villaggio, avrei pensato fosse un uomo in carne ed ossa, un soldato esperto, magari anche un mercenario, ma comunque un uomo che seguiva un certo codice d'onore. Forse, potevo fidarmi di lui.

Puoi. La sua voce mi parlava direttamente nella testa. Un altro segno delle allucinazioni. Il guerriero non mi stava neanche guardando, intento com'era a guardare il sentiero.

Afferrando il bastone, anch'io feci lo stesso e urlai quando un lupo gigante ci tagliò improvvisamente la strada.

«Zitta, piccola. È soltanto Rolf.» Il guerriero che mi stava trasportando frenò i suoi passi e parlò al lupo. «Dove sono gli altri?»

«Knut», dissero due guerrieri, sbucando dagli alberi. Uno castano e dalle folte sopracciglia nere, l'altro con i capelli rossi. «Ci siamo separati quando un gruppo di Draugr ci ha attaccati. Chi è questa donna?» Mi guardarono a bocca aperta.

«Non importa», gli rispose Knut. «I ladri che cercavamo hanno perso la loro preda. La profetessa Fleur è nella caverna con lo stregone addormentato, lo stesso che ha creato questi cosi.»

«Grigi», lo corressi sottovoce, ma lui mi sentì ugualmente.

«Raduna il branco per attaccare questi Draugr, questi Grigi», ordinò Knut.

«Tu cosa farai?»

«Porterò al sicuro questa qui.»Le sue braccia si strinsero intorno a me.

«Sfidi gli ordini dell'Alpha?», disse il guerriero dai capelli castani, accigliato. «Dovevi condurci a cacciare i traditori.»

La risposta di Knut fu un ringhio basso.

Il guerriero castano alzò le mani e indietreggiò. Sia lui che il lupo si allontanarono al trotto, ma quello rosso si fermò. «Chi è lei?»

Il ringhio di risposta di Knut mi mandò un brivido lungo la schiena.

«Lei è *mia*.»

KNUT

*M*entre Leif, Brokk e Rolf correvano di nuovo verso la mischia, io feci rotta verso ovest. La montagna su cui il mio branco aveva stabilito la nostra casa era a molte leghe di distanza da quel posto malvagio e puzzolente. La mia donna non sarebbe stata al sicuro finché non fosse stata lì con me, protetta dall'intero branco, a vivere nel rifugio che avevo costruito per lei, quando l'avrei marchiata come mia.

Perché lei *era* mia, esattamente come dicevo, nonostante lei non lo sapesse ancora.

«I miei guerrieri torneranno indietro. Salveranno la tua amica. Lei è una del nostro branco ed è stata portata via diversi giorni fa. La stavamo cercando e le tracce ci hanno portati a te.»

Un tesoro imprevisto. Un regalo della Dea a cui non avrei mai rinunciato. Io, Knut, un guerriero fino in fondo, avevo disobbedito agli ordini del mio leader. L'avrei salvata e avrei accettato la punizione del mio Alpha.

Raggiungemmo di nuovo il fiume e lei si dimenò. «Mettimi giù: voglio camminare.»

La tenni ferma. «Andremo più veloci, se ti porto in braccio. E poi, non hai le scarpe.»

«Io non ti conosco», mi disse, premendomi una mano contro il petto.«Non voglio venire con te.»

Vidi di nuovo rosso, e lottai per mantenere il controllo. Aspettare così a lungo la donna che avrebbe rotto la maledizione, solo per soccomberle adesso – non potevo. Dovevo controllare la Bestia.

«Basta, piccola. Non stai pensando chiaramente. Sei in stato di shock», ringhiai.

Lei continuo a dimenarsi, così la gettai sulla mia spalla, colpendo il suo morbido sedere con un paio di schiaffi decisi.

La bestia dentro di me voleva entrare in scena: voleva marchiarla, lacerare la sua carne, assaporare il suo sangue, regalarle una ferita che, una volta cicatrizzata, avrebbe mostrato a tutti che era mia.

Strinsi i denti, resistendo al richiamo di trasformarmi in mostro.

Sentii un dolore acuto sul sedere. Ululai e la rimisi a terra. Lei indietreggiò, con ancora in mano l'estremità scheggiata del bastone con cui mi aveva colpito.

«Assolutamente no.» Mi avvicinai, strappandole facilmente il pezzo di legno intagliato, lanciandolo via. In un lampo, ero di fronte a lei, posizionato su un ginocchio per tirarcela sopra. La sua mano colpì il terreno mentre il mio palmo toccò il suo dolce didietro. Le natiche traballarono sotto il tessuto sottile. Alzai la veste, mettendole a nudo, e le trasformai in un rosa vivace con un paio di colpi ben assestati. La bestia in me mormorava la sua selvaggia approvazione, ma io, intanto, ero rimasto calmo e lucido.

Doveva obbedirmi, così avrei potuto tenerla al sicuro.

La mia donna non pianse, ma si lasciò scappare dei piccoli grugniti arrabbiati mentre la punivo. Non mi piaceva essere costretto a disciplinarla così presto, ma aveva bisogno di sapere chi comandava, e quello era il modo più veloce di insegnarglielo.

Altri quattro pesanti colpi e le strinsi la nuca con una mano, tenendola ferma. L'altra, invece, cinse le sue guance rosse.

«Mi ascolterai, ora?»

Lei scalciò in risposta, così mi scatenai sul suo sedere, dandole una serie di forti schiaffi per dimostrarle che non avrei tollerato la sua resistenza. Dopo un minuto, i suoi suoni frustrati si trasformarono in miagolii ansimanti. Colpii la parte superiore delle sue cosce un paio di volte e aggiunsi uno o due colpi all'apice delle gambe.

Un sussulto e un dolce odore riempirono l'aria, mescolandosi al suo profumo di fragola. Eccitazione.

Ma non ero l'unico a sentirlo.

La foresta intorno a noi fu percorsa da un suono sibilante, sempre più vicino. Grigi. Avevamo perso troppo tempo.

«Stai ferma.» La strinsi tra le braccia. «I nostri nemici sono vicini.»

La mia donna aveva un'espressione stordita. Non impaurita o turbata, ma docile. «Scapperemo», le dissi. «Ma tu devi seguire i miei ordini. Capito?»

Aveva abbastanza presenza di spirito per annuire. Era arrossita in volto, un effetto collaterale del suo stare a testa in giù sulle mie ginocchia, ma anche il segno della sua eccitazione. Aveva risposto bene a quella punizione improvvisata. Poggiò una mano contro la mia mascella per tenersi in equilibrio.

Le rubai un rapido bacio, solo una forte pressione delle mie labbra contro le sue, nel tentativo di toccare il paradiso, nel caso in cui la prossima battaglia fosse stata l'ultima. «Non lascerò che ti prendano», le promisi, sollevandola. Lei si aggrappò alla mia mano con entrambe le sue.

Il sibilo, adesso, proveniva da tre lati.

«Stanno cercando di circondarci...» Indietreggiai, portandola con me. «Quando ti dico di correre, corri.»

Se fosse fuggita ora, avrei potuto tenere i Grigi lontano da lei per seguire le sue tracce più tardi.Forse avrebbe evitato di vedere la Bestia sopraffarmi, trasformando la mia forma in una creatura magica due volte più alta di lei, con pelliccia e artigli –una feroce miscela di umano e lupo. «Ora!», la spinsi. La mia voce si tramutò in un latrato gutturale mentre la mia gola si rimodellava. Sentivo la magia formicolare alla base della mia colonna vertebrale, le mie ossa pronte a scrocchiare e spostarsi per opera della trasformazione. «Vai!» ringhiai.

Quando i Grigi uscirono fuori dagli alberi per attaccarmi, lei corse a prendere il bastone scheggiato e si voltò verso di me per affrontare il nemico, come se quel legno fosse stato una spada.

Quando le feci cenno di andarsene, lei afferrò più saldamente la sua misera arma e scosse la testa.

La pelliccia mi increspava già le braccia mentre prendevo in braccio la mia donna per lasciarla ai piedi di una quercia.

«Stai qui», le dissi. Avrei voluto proteggerla dalla vista del mostro che sarei diventato, ma la sculacciata non aveva scalfito la sua testardaggine. Se non fossi stato così infastidito, di certo avrei provato un po' d'orgoglio.

Voltandomi con un ruggito, attaccai le creature per evitare che la prima ondata la raggiungesse. Avevo perso lo scudo ma avevo ancora la mia ascia, così la lanciai contro il primo della fila delle creature cadaveriche, e completai la trasformazione: la rabbia mi fece vedere rosso. Con il mio urlo di battaglia, li caricai, senza paura. Stavo soffrendo a causa di una maledizione più grande di quei Draugr e capace di farmi molto più male.

Avrei salvato la mia donna, anche se questo mi avesse fatto guadagnare soltanto la sua paura.

HAZEL

Il mostro combatteva contro i Grigi mentre io ero accucciata contro un albero. Il guerriero trasformato, ora ricoperto da una pelliccia nera, aveva raggiunto un'altezza da gigante, una velocità disumana e un muso enorme. Una frangia fulva che gli percorreva la spina dorsale era l'unica cosa che aveva in comune con l'uomo biondo. Quello, e la sua destrezza nel combattimento.

Quando l'aria si liberò dalla polvere che si era posata di nuovo a terra, l'intera area era cosparsa dei pezzi dei Grigi. Gridai quando un braccio mozzato si dimenò verso di me e la mano cercò di afferrarmi la caviglia. Provai a calciarla via, ma la tenne stretta finché non toccai il bastone: il legno formicolò nella mia mano e il braccio senza corpo volò via, come se fosse stato colpito da un fulmine, cadendo sui passi del mostro. Fauci letali lo morsero, ingoiandone il pezzo.

E lo vomitarono.

Disgustoso. Sputò, diverse volte. *Non buono da mangiare.* La voce nella mia testa era di cattiva qualità, più simile a un latrato che a parole umane.

Il mostro si alzò sulle zampe posteriori, raddrizzandosi

27

fino ad essere alto almeno il doppio di me. La sua forma era vagamente umana, con petto e braccia di muscoli fasciati, tutto ricoperto di pelliccia nera.

Il respiro mi si mozzò in gola. Avevo visto così tante cose orribili, in quei giorni, nella tana dello stregone, ma quella Bestia era fatta della stessa materia degli incubi.

Ruggì trionfate, poi si voltò verso di me.

Vieni. In qualche modo, la sua voce raggiungeva direttamente la mia mente.

«No», sussurrai. Mentre si avvicinava a me, io indietreggiai, cercando di alzarmi per correre via. Con i Grigi fuori dai giochi, avevo la possibilità di sfuggire al mostro.

Si fermò e inclinò la testa. Grugnì, come se stesse cercando di parlare.

Mi girai e strisciai via, solo per ritrovarmi una mano munita di artigli ad afferrarmi la nuca. Con un grido, mi voltai e lo infilzai con il bastone. Il mostro muggì e mi lasciò cadere, sorpreso.

Trovando di nuovo la forza nelle gambe, mi spinsi attraverso la boscaglia e, quando mi seguì, lasciai che i rami che tendevo con le mani gli si schiantassero in faccia.

KNUT

Spaventata coniglietta irritante.

Così deliziosa, con quelle gambe paffute e abbronzate che facevano capolino dalla sua veste corta, il petto sinuoso che si agitava mentre fuggiva da me. La pedinai facilmente, pronto ad accelerare in qualsiasi momento per mettere fine alla caccia. La bestia era pronta ad entrare in calore, ma tenevo ancora il controllo. Il suo odore mi richiamò dalla furia, incitandomi a tornare in me. Non ci eravamo nemmeno accoppiati, e la maledizione si stava già attenuando.

Ma aveva paura di me. Avevo appena ucciso i suoi nemici – sentivo ancora il disgustoso sangue del cadavere sulla lingua – ma sembrava che avesse quasi preferito affrontare i Grigi, anziché me.

Come sta andando il salvataggio? Mi chiese Leif, e condivise con me un'immagine della sua battaglia con i Draugr. Lui e il resto del branco avevano trovato sia i traditori che Fleur, la donna che avevano rapito, alla bocca della caverna dello stregone, ed erano stati duramente colpiti dai puzzolenti Grigi.

Mi ha infilzato col suo bastone. Due volte. Gli trasmisi la foto di lei, in piedi, con il pezzo di legno e il volto impaurito, pronta a combattere nonostante tutto.

E tu l'hai lasciata fare? Leif rise. Non ero nelle vicinanze di nessuno dei miei compagni guerrieri, preferendo invece starmene in disparte, ma Leif ignorò la mia distanza.

Non voglio farle del male. Certo, ora che stava correndo, avrebbe potuto farselo da sola. Un'emozione mi formicolava nel petto, qualcosa che non provavo da tempo: paura.

La piccola donna aveva risvegliato ogni sorta di novità, dentro di me.

Ho sentito che è così, quando trovi la tua metà. Il pensiero di Leif era colorato di gelosia e meraviglia. Scioccato del fatto di aver condiviso troppo attraverso il legame, rimasi in silenzio. Ero un leader, tra il branco, ma di solito mi tenevo in disparte dal resto degli uomini.

Dovrà essere speciale, se stai infrangendo gli ordini per andarle dietro. Stai attento, Knut. Qualsiasi cosa siano queste creature, qualcosa le controlla, e ha abbastanza potere per lanciare incantesimi.

Sopra la mia testa, il Cielo brulicava di nuvole. Stava arrivando una tempesta, che rimbombava da est. Senza dubbio, la sua origine era la grotta dello stregone.

Salverò questa donna e vedrò cosa sa. La porterò alla montagna per farglielo chiedere dall'Alpha. Forse, mi avrebbero perdonato per aver abbandonato il mio ruolo, se avessi portato loro una preda migliore. *Alla lotta e al trionfo!*

Alla lotta e al trionfo! Rispose il guerriero con un ruggito.

Con il mio stesso urlo, caricai e spezzai tutti i rami che la piccola aveva spinto nel tentativo di fermarmi. Avrebbe imparato che non era così facile battere un Berserker.

HAZEL

Il vento soffiava più veloce, gli alberi scuotevano la chioma. Mi si rizzavano i capelli. Stava accadendo qualcosa, e persino il tempo reagiva.

Passai tra gli alberi e mi fermai di fronte alla folle scena davanti ai miei occhi. La mia fuga selvaggia mi aveva portata di nuovo alla caverna del Re dei Morti.

La mia amica Fleur era nel vivo della battaglia, armata con l'altra metà del bastone che tenevo in mano. Un guerriero, un lupo e un'aquila le combattevano al fianco, cercando di farsi strada per fuggire nel bosco.

Ovunque c'erano guerrieri giganti che combattevano contro i Grigi come se fossero impazziti. Mezzi uomini, mezzi mostri, si lanciavano contro il nemico, prendendo le spade a mani nude e gettando via i servitori del Re dei Morti con violenta foga.

Un bello spettacolo da vedere, non è vero?

Mi voltai. Non c'era nessuno alle mie spalle, ma una voce, una voce maschile, profonda ma dolce, aveva parlato nella mia testa. Ma era impossibile. Avevo ancora in mano il bastone. Forse la mia testa mi stava giocando qualche scherzo.

Altri Grigi si stavano precipitando nella mischia, provenendo da ogni direzione. Non sarei stata al sicuro per molto.

Indietreggiai, per finire contro un ampio petto nudo. Il guerriero biondo che aveva combattuto per me sottoforma di mostro, adesso incombeva su di me con un'espressione determinata. Aveva dei graffi sul viso, nei punti in cui avevo lasciato che lo colpissero i rami.

«Ti ho presa», grugnì, sollevandomi sulla spalla per portarmi via – di nuovo.

KNUT

Con la donna che si dimenava sulla mia spalla, mi allontanai. Si dibatteva e mi colpiva. Mi piaceva la sensazione piacevole e morbida del suo corpo contro il mio.

Le poggiai una mano sul sedere a mo' di monito. «Infilzami di nuovo con quel dannato bastone, e ti arrostisco il culo. Credici, lo faccio.» La minaccia la fece immobilizzare.

Dietro di noi si levava il fragore delle armi e dei ruggiti dei Berserker che affrontavano i loro nemici. I Draugr erano ovunque, un mare infinito e puzzolente.

Leif, Rolf, li chiamai mentre i rinforzi brulicavano vicino a noi. *Altri parassiti. Aiutatemi a liberare la strada.*

Tenendo la donna con una mano, tagliai i ranghi con la mia ascia. Una tempesta ci era scoppiata sopra la testa e una fitta nebbia si riversava dalla bocca della grotta.

Lo stregone si era svegliato e stava combattendo.

Colpendo i nemici che spuntavano dalla nebbia ultraterrena, mantenevo un collegamento mentale con la donna che portavo sulla spalla. Si era aperto un legame, tra noi, sicuro e vero come quello che condividevo con il resto del branco. I pensieri della donna erano confusi e spaventati e, mentre la nebbia aumentava, una pesante tristezza si posò su di lei, una malattia della mente.

Costernato, mi precipitai nel bosco e la feci scivolare tra le mie braccia. Il suo viso era mortalmente pallido.

Freddo. Nessuna via di fuga. Disperazione.

«Svegliati, ragazza», le cinsi le guance con le mani. «È una maledizione, solo una maledizione. Lo stregone sta esercitando la sua magia oscura attraverso questa nebbia.»

Ma lei non mi rispose. Per paura o per sfinimento, svenne.

Si levò un rombo alla base della collina. Il terremoto fece cadere i Grigi, sul terreno coperto da uno spesso strato di nebbia.

La caverna sta crollando – ritirata! L'ordine dell'Alpha risuonò attraverso i legami del branco, una potente imposizione a cui i miei fratelli Berserker obbedirono immediatamente. Io resistetti. Quando il terreno cominciò a tremare con più violenza, dalla grotta uscì una polvere densa. Mi buttai a terra, coprendo la donna con il mio corpo finché il peggio non fosse finito. Cullandola tra le braccia, corsi per il resto della strada, fino alla salvezza.

HAZEL

Mi svegliai col suono dell'acqua che scorreva. Leggere gocce mi bagnarono il viso, fino a quando la massa calda sotto di me non si spostò, allontanandomi dagli spruzzi. Una soffice pelliccia mi si strofinò contro il viso per asciugarlo.

Aprii gli occhi: a pochi metri da me, l'acqua cadeva in uno spesso manto denso e grigio, scrosciando oltre la fessura in cui giacevo.

«Sei sveglia.»

Una voce nella penombra mi fece alzare in piedi di scatto. Barcollai, scivolando sulle rocce bagnate che mi separavano dalla cascata. Una mano mi afferrò il braccio e mi trascinò via dal bordo. Delle braccia muscolose si chiusero intorno a me.

«Non mi muoverei, se fossi in te»,disse il guerriero, in un tono a metà tra le parole e un ringhio. Spostò entrambi in un punto più sicuro prima di lasciarmi andare. A causa della sua altezza doveva chinarsi un po', in quel piccolo spazio. Le sue ciocche bionde bagnate gli pendevano sul viso, e la sua pelle portava leggeri graffi, opera dei rami che gli avevo lanciato addosso lungo il cammino, più altri tagli e segni di lama che prima non c'erano.

Lui rimase fermo e tranquillo, mentre io giravo in un piccolo cerchio, osservando la roccia nera e bagnata e l'acqua che scorreva.

«Cosa—dove...?» balbettai.

«Siamo in una caverna dietro una cascata, a qualche lega di distanza dalla grotta dello stregone e dei suoi schiavi. Il nemico ha lanciato una maledizione sulla tua mente. Sei svenuta e ti ho portata lontano...» La sua grande mano passò sui miei capelli, spostando indietro le ciocche bagnate che mi si appiccicavano al viso. «Sei al sicuro, qui con me.»

Avvolsi le braccia intorno al mio stesso corpo, ma non indietreggiai. La sua enorme stazza era una fonte di piacevole calore. Mi aveva già salvata diverse volte e mi aveva portata tra le sue braccia in quel santuario nascosto. Se avesse voluto toccarmi, ora, non avrei protestato.

Inoltre, a meno che non mi fossi avvicinata di più alla cascata, non c'era molto spazio per scappare. Il guerriero biondo sembrava occupare ogni centimetro disponibile con il suo corpo muscoloso. Stava in piedi, a torso nudo, con i calzoni strappati. Quando si voltò, sussultai: una freccia spezzata gli spuntava dalla schiena, vicino alla vita.

«Sei ferito!» Indicai la grossa freccia. Lui guardò in basso, come se non l'avesse vista prima. Con un grugnito, la sfilò dalla sua carne e la gettò nell'impetuosa cascata a pochi metri da noi.

Il sangue sgorgava dalla ferita. Senza pensare, mi avvicinai e premetti la mano contro di essa, nel tentativo di bloccare il flusso.

La sua grande mano si chiuse sulla mia.

«Va tutto bene, piccola. Guarirà presto.»

«Ma—»

Sollevò il mio palmo e mi mostrò che la pelle si era già chiusa.

Scostai la mano. «Chi sei tu?», chiesi con voce tremante. «Cosa sei?»

«Hai paura, piccola?»

Feci cenno di sì con la testa, ma mi accorsi che era una bugia. Dopo il mio shock iniziale, mi sentivo tranquilla in sua presenza, e, nel profondo, sapevo che con lui ero al sicuro.

Un sorriso gli increspò i lineamenti, a malapena distinguibili nella penombra. «Esatto, piccola. Non hai niente da temere.»

Aggrottai la fronte. Mi stava leggendo nel pensiero?

Mi prese la mano e mi condusse a sedermi sulle rocce.

«Mi chiamo Knut. Sono un guerriero.»

«Sei un uomo... ma...» Cercai un modo per descrivere il mostro in cui si era trasformato davanti ai miei occhi.

La tristezza gli lambì le labbra. «Sono un uomo, ma anche più di questo. Molto tempo fa, una strega ha dato a me e ai miei compagni guerrieri un enorme potere. Ma la magia ha... delle conseguenze.»

Rabbrividii nell'aria fresca e umida.

«Vieni qui.» Sollevò una grande pelliccia bianca e me la mise sulle spalle.

«Non resteremo qui a lungo. Hai bisogno di cure e calore.» Mi toccò il ginocchio, portando la mia attenzione ai graffi che avevo lì. Il mio vestito era sporco, così come i miei piedi, sudici e costellati di tagli.

«Perché siamo in questo posto?»

«I Grigi sembrano non amare particolarmente l'acqua.»

«Come? Sono qui?» Mi alzai quasi, presa dal panico.

«Tranquilla», mi prese tra le sue braccia. «Credo che ti stiano seguendo. Ho corso nel fiume per assicurarmi che perdessero le tracce, ma lo stregone ha incantato anche il meteo. Aspetteremo che termini la tempesta e poi ci farò sgattaiolare fuori.»

Mi rannicchiai goffamente in grembo a lui, sovrastata dal suo enorme corpo. Avevo le spalle incurvate ma, quando mi accarezzò la schiena, mi poggiai naturalmente contro il suo petto muscoloso, permettendogli di attirarmi ancor di più nel suo abbraccio.

Sotto il mio orecchio, il suo cuore batteva, in contrasto con il fragore della cascata.

Attraverso quel lenzuolo grigio-azzurro entrava un po' di luce, abbastanza da permettermi di studiare il volto del guerriero. Alto e biondo, come i predoni vichinghi che molta gente del villaggio temeva ancora, nonostante le loro navi con la polena a forma di drago non toccavano le nostre coste da anni. La sua pelle era costellata di cicatrici, il viso era segnato dal peso dei suoi anni, eppure era bellissimo. Ogni sua parola, ogni suo movimento grondava di autorevolezza. Era un uomo abituato a dare ordini e a farli eseguire. Eppure, il modo in cui mi guardava...

Le mie mani strattonarono la pelliccia che mi aveva messo intorno alle spalle, stringendola un po' di più, ma quel pelo era soltanto una fragile armature contro lo sguardo penetrante del guerriero. Mi stava studiando proprio come lo stavo osservando io, con un sorriso appena accennato sulle labbra decise.

«Dimmi il tuo nome», disse.

«Hazel»,risposi io, obbedendo prima di decidere se dirgli il mio nome fosse una follia o meno. Il mio nome e i vestiti che avevo addosso erano, ormai, le uniche cose in mio possesso.

«E quanti anni hai?»

«Diciotto, signore. Almeno, questo è ciò che le suore mi hanno detto, al convento. Sono stata portata in orfanotrofio quando ero piccola.»

La grande mano di Knut si avvicinò alla mia guancia. «Così giovane, per avere un tale potere su di me...» La sua voce rimbombò dentro di me mentre il suo sguardo si fissava sulle mie labbra.

«Quanti anni hai, tu?» Non osai allontanare il suo braccio, nonostante il mio cuore battesse forte in risposta al suo tocco. I miei seni sembravano pesanti, gonfi. Qualcosa dentro di me era cambiata, si era svegliata, come un fiore che sboccia e si rivolge verso la luce.

Lui ridacchiò, e questo cancellò gli anni dipinti sul suo volto. «Non conosco la mia età. Sono nato tredici estati prima di giurare fedeltà al mio Jarl, venti estati prima che lo Jarl mi mandasse a combattere per rendere Harald Fairhair re delle Terre del Nord.

«Qualche estate dopo questo, sono stato scelto per far parte di un gruppo privilegiato di uomini, selezionati per diventare i più grandi di tutti i guerrieri. La strega ci ha maledetti e la mia vita come uomo è finita, lasciando iniziare quella da Berserker.»

Un Berserker. Avevo sentito racconti di tali guerrieri, così come le storie dei vichinghi che venivano a razziare le nostre coste. Guerrieri che non temevano nulla, truppe d'assalto che potevano distruggere intere armate prima che il loro re mandasse in battaglia tutte le sue forze. La violenza e la furia disumane li rendevano insensibili a qualsiasi danno o ferita: combattevano fino a crollare per lo sfinimento e nulla poteva ostacolarli.

«Non tengo il conto degli anni da allora», rifletté. «Sono passate molte Lune.» Sembrava più affascinato dai miei capelli e dal mio peso sul suo grembo, che dal raccontarmi della sua vita. Eravamo intrappolati dietro la cascata, eppure sembrava contento di tenermi seduta sulle sue ginocchia, e di esaminare ogni capello sulla mia testa con il suo sguardo adorante.

La sua grande mano scese a strattonare la mia, staccando la mia presa stretta sul bordo della pelliccia. Studiò le mie dita piccole, e il mio braccio abbronzato grazie ai giorni di lavoro sotto il Sole.

Incoraggiata dalla gentilezza nel suo sguardo e nel suo tono di voce, liberai la mia mano e presi la sua. Si diffuse in me un formicolio, mentre accarezzavo le dita aperte, ne osservavo le cicatrici e il palmo ruvido. Le mani di un guerriero.

Eppure, non molto tempo prima, le avevo viste pelose e munite di artigli, una grottesca miscela di umano e lupo.

«Le tue mani erano diverse, quando hai lottato contro i Grigi.» Cercai di rievocare la mia repulsione, ma non ci riuscii. «Cosa sei davvero?»

Mise un dito contro le mie labbra e quel semplice tocco mi regalò un po' di calore. «Nulla che tu abbia bisogno di temere.»

Stavo tremando di nuovo, contro il mio volere. Irrigidii la schiena. «Perché mi stai aiutando, allora?»

Lui alzò la testa, spostandomi una ciocca di capelli bagnati dietro l'orecchio. «Ti ho aspettata per tanto, tantissimo tempo.»

«Non capisco…»

«Non devi, piccola. Alcune cose vanno ben oltre la comprensione, ma sono comunque vere.»

Prese la mia testa sotto il suo mento. Il suo petto nudo emanava un calore che penetrava nel mio corpo infreddolito. Almeno potevo rilassarmi, finalmente.

Chiusi gli occhi. «Sono stanca.»

«Dormi, piccola. Io continuerò a fare la guardia.»

* * *

MI SVEGLIAI quando lui mi scosse. «È il momento di andare.»

Mi rimise in piedi.

«Hazel, devi promettermi che starai vicino a me e che ascolterai ciò che ti dirò di fare.»

Corrugai la fronte.

«L'ultima voltache abbiamo affrontato questi Grigi, ti ordinato di fuggire. Invece, sei rimasta per affrontarli e poi sei corsa via da me. Capisco che non sapevi chi fossi, ma ora lo sai. Disobbedisci di nuovo e dovrai affrontare le conseguenze.»

La rabbia mi fece arrossire le guance. «Ad esempio... una sculacciata?»

Lui alzò il mento. «Esattamente.»

Stringendo i pugni lungo i fianchi, aprii la bocca per ribattere, ma lui mi prese il mento tra le dita.

«Non ti opporrai a me. Sono l'unico che può frapporsi tra te e le creature del Re dei Morti. Ascolterai le mie parole e obbedirai. Se non lo farai, questo potrebbe rappresentare la tua morte, e io non potrei tollerarlo. Ti sottometterai a me?»

Sembrava esserci una sola risposta che quegli occhi dorati avrebbero accettato. «Sì.» Feci fatica a inumidirmi la gola.

Immediatamente, la sua mano mi lasciò il mento. «Povera piccola. Così infreddolita e tutta sola. Ma non lo sei più, adesso. Hai capito?»

Mi limitai a fissarlo.

«Dolce coniglietta», mormorò. Poi si voltò. «Vado a perlustrare la via d'uscita da qui. Aspetterai il mio ritorno.»

Annuii. Non avevo alcun desiderio di correre per trovarmi di nuovo davanti quei Grigi.

Si diresse verso l'ingresso della caverna, la luce gli illuminò i piedi. Mi sistemai la pelliccia sulle spalle come meglio potevo, e raccolsi il pezzo del bastone della strega. Non capivo quali poteri avesse, ma ero riluttante a lasciarlo.

«Hazel», mi chiamò Knut dal bordo del sentiero dietro la cascata, la sua voce profonda che risuonava sopra il rumore dell'acqua che cadeva.Mi affrettai a raggiungerlo per sistemarmi al suo fianco.

«Brava bambina», sorrise. Intrecciai le mie dita alle sue, stringendo il piccolo bastone con l'altra mano, e lui mi riportò sotto la luce del Sole.

Era mattina, il Sole, ancora debole, aveva appena cominciato a compiere il suo arco nel Cielo. Avevamo passato la notte insieme, dietro la cascata.

«Abbiamo miglia da percorrere, prima di essere fuori dalla portata dei Grigi. I miei compagni si sono ritirati di nuovo sulla nostra montagna, a casa, intanto che gli Alpha decidono il miglior piano per attaccarli. Abbiamo dichiarato guerra al Re dei Morti.»

«E Fleur?» gli chiesi.

«È al sicuro, a casa con il branco.»

La preoccupazione che avevo nutrito fino a quel momento si attenuò un po'.

«È lì che mi stai portando?»

«Sì», disse, dando uno sguardo al Cielo per determinare in quale direzione dirigerci. «E no. Ho vissuto nelle capanne con il resto dei guerrieri, ma mi costruirò una nuova casa.» Mi lanciò uno sguardo che non riuscii ad interpretare. «Gli Alpha mi permetteranno di costruire un rifugio ai piedi della montagna per me e la mia compagna.»

Il mio cuore sussultò, ma cercai di mantenere un tono normale. Non avevo motivo di essere delusa dal fatto che quel guerriero fosse promesso ad un'altra. «Hai una compagna?»

Stavolta sapevo esattamente cosa voleva rappresentare il mezzo sorriso che mi rivolse. «Adesso sì.»

Stavo per inciampare, ma lui mi sostenne, prima di tirarmi accanto a sé.

«Aspetta», gli strattonai la mano. «Cosa vuoi dire?»

«Nel momento in cui ho sentito il tuo odore, trasportato dal vento, ho saputo che eri mia.»

Cercai di liberare la mia mano dalla sua, ma aveva una presa di ferro.

«Non opporti a questo, piccola. Abbiamo già abbastanza nemici. Non dobbiamo farci la guerra l'un l'altra.»

«N-non sono tua», balbettai.

«Invece lo sei, ma non lo hai ancora capito. Vieni: avremo tempo per parlarne, quando saremo al sicuro.» Stringendomi la mano, aumentò il passo. Si muoveva con la grazia possente di un predatore, e con il corpo teso in allerta nei confronti dei nemici.

Lo seguii, volendo stargli vicino ma desiderando, al contempo, di potermi allontanare. Non avevo scelta che seguirlo. Non c'era altro posto dove andare.

Avevo passato la mia vita al sicuro, nel convento, fidandomi di un tutore che aveva mentito sia a me che alle altre orfane, dicendoci che si sarebbe occupato di noi. Aveva venduto me e Fleur, e chissà quante altre mie amiche, per renderci carne da macello ad opera del Re dei Morti.

Knut mi dava ordini, ma rischiava tutto per prendersi cura di me. Più tempo passavo con lui, meno voglia avevo di andarmene.

Il che era ridicolo. Era attraente e abile, su questo non ci pioveva. Ma impegnarmi per sempre con lui, quando avevamo appena imparato i nostri nomi?

Mente ci facevamo strada, circumnavigando un'alta collina, il vento cambiò direzione, trasportando fino al nostro naso una puzza di marcio, proprio quando ci imbattemmo nuovamente in un gruppo di Grigi.

Knut si irrigidì, spingendomi dietro di sé per poi afferrare la sua ascia. Ci trovavamo in un profondo burrone, senza via d'uscita se non quella per tornare indietro.

Vai, risuonò una voce nella mia mente. Quella di Knut? Impossibile, dovevo essere impazzita.

Indietreggiai, con le mani che si attorcigliavano sul bastone della strega. C'erano così tanti Grigi armati... Avrebbero potuto sopraffare Knut mentre cercava di lasciarmi fuggire.

«Corri, Hazel», ordinò Knut. «Li terrò lontani da te.» Ancora prima che finisse di parlare, le creature più vicine a lui lo attaccarono. Vennero scagliate delle lance e Knut le affrontò con un ruggito di sfida.

Voltandomi, cominciai a correre. Una voce mi mormorava in testa. *Dirigiti ad ovest e non fermarti finché non vedi delle montagne. Chiamerò il branco in tuo soccorso, se dovessi cadere in battaglia.*

Mi fermai. Mordendomi il labbro, mi guardai alle spalle. La testa bionda di Knut dondolava tra quelle creature cadaveriche, abbassandosi e ruotando mentre combatteva contro più mostri alla volta. Se fossi andata via in quel momento, sarebbe morto.

Il bastone nelle mie mani crepitò di un'energia improvvisa.

Un Grigio aveva superato Knut, intrappolando il Berserker tra lui e il resto dell'orda. Si scagliò contro Knut mentre lui ne affrontava altri dieci.

I miei piedi cominciarono a muoversi prima che potessi anche solo pensarlo.

Il Grigio sguainò una spada per conficcarla nella schiena di Knut – e sussultò per poi irrigidirsi quando conficcai il mio bastone nella sua. Dei rivoli gli percorsero il corpo, ancora era in piedi, paralizzato. La spada gli scivolò via dalle dita senza vita un secondo prima di cadere.

Knut si guardò alle spalle, incredulo.

«Ti avevo detto di correre!» grugnì.

«Attento!» gli urlai, intanto che due Grigi balzavano dalle

pareti del burrone, piombando sul guerriero Berserker. Con un urlo, ne disarcionò uno e lanciò l'altro sull'orda che avanzava.

La creatura atterrò vicino a me e, prima che si rialzasse per correre ad attaccare ancora, la colpii con il bastone. La pelle del Grigio sfrigolò e lui volò via, come se colpito da un fulmine. L'odore di carne bruciata riempì l'aria e il resto dei servitori del Re dei Morti emise un sibilo.

Sotto le mie dita, il legno aveva cominciato a ronzare. Un secondo dopo, la mano di Knut si chiuse sulla mia e mi tirò con lui. Corremmo lungo il fondo del burrone. Il mio piede nudo finì su una pietra e inciampai. Knut mi tirò su, tra le sue braccia. Mi mantenni alle sue spalle.

«I Grigi – non ci stanno seguendo.»

«Qualsiasi magia ci sia, in quel bastone, li ha storditi. Ne ho uccisi alcuni, ma non sono riuscito a scoraggiarli come hai fatto tu, quando hai usato quella cosa.»Fece una smorfia al bastone e io lo poggiai contro il mio petto, così da non toccarlo. «Dove lo hai preso?»

«Una strega lo ha dato a Fleur, prima che la incontrassi. Il frate lo ha rotto prima che i Grigi ci portassero via dal convento, ma è apparso nella caverna prima che riuscissi a scappare.»

Knut grugnì, e capii che non si fidava di tale magia.

Non smise di correre finché non ritrovò il fiume e lo attraversò.Mentre il Sole saliva più in alto nel Cielo, il suo passo rallentò.Abbandonammo la fitta foresta e raggiungemmo una distesa di campi, interrotta da piccoli boschetti.

Finalmente, mi rimise a terra.

«Siamo fuori rotta, ma non voglio portare i Grigi all'accampamento. Ci terremo vicini all'acqua, per adesso.»

Mi diede da mangiare della carne essiccata ed entrambi bevemmo un po' d'acqua del fiume.

«Andremo da questa parte», disse, prendendo la mia

mano quando feci un passo in avanti. «Mi hai disobbedito, piccola.»

«Ti ho salvato la vita!», ribattei, poi mi morsi il labbro, sperando che non perdesse la calma.

Strinse le labbra. Sentii chiaramente il suo pensiero nella mia mente.

Prima, mettiamoci in salvo. Poi, faremo i conti.

* * *

MAN MANO che il giorno passava, il tempo sembrava diventare sempre più scuro e strano. Nuvole grigie coprivano il Sole e una voce inquietante si diffondeva nel vento, borbottando in una lingua che non riuscivo a capire.

«Il Re dei Morti sta lanciando incantesimi», ringhiò Knut. «Cerca ciò che ha perso.»

Mi riprese in braccio e aumentò il passo.

«Non capisco...»Mi aggrappai al vichingo e studiai i suoi lineamenti, anziché guardare il paesaggio che mi passava accanto a una velocità vertiginosa. «Perché vuole proprio me?»

«Perché sei una profetessa.»

«Una cosa?»

«Una donna con un tipo speciale di magia, uno che chiama il Re dei Morti.»

A quel punto, esitai. «Io non ho nemmeno un briciolo di magia.»

«Sì che ce l'hai», disse sottovoce il guerriero. «Perché chiama anche me: placa la Bestia.»

Mi strofinai le mani sul volto, desiderando di potermi stendere e risvegliare al convento, come fosse tutto un brutto sogno. Anche se sembrava una sorta di prigione, almeno lì ero al sicuro. «Non sto capendo nulla di tutto questo. Io sono Hazel, ho lo stesso nome di una comunissima erba. La mia stessa madre mi ha abbandonata e sono stata cresciuta come orfana. Non sono nulla di speciale.»

«Anche tua madre, probabilmente, era una profetessa. Le tue doti discendono da lei.» Alzò una mano quando feci per protestare. «Hai della magia, in te, altrimenti il bastone della strega non sarebbe stata un'arma, nelle tue mani. Fidati di me, Hazel, non sei una donna comune.»

Troppo stanca per continuare a discutere, mi addormentai un po', con la testa che mi pulsava, rabbrividendo sotto il Cielo ormai nero.

Mi svegliai mentre Knut si infilava in un'abitazione bassa e scura.

«Dove siamo?» mi agitai mentre le ombre ci coprivano.

«Sh»,mi rimise giù e tenne le mani sui miei fianchi per non farmi perdere l'equilibrio. «La fattoria di un contadino. Ho già controllato, e non c'è nessuno. Stai bene, piccola?»

Attese un mio cenno per lasciarmi andare. Intorpidita, con il corpo che tremava per la fame e la paura, lo guardai andare via e ritornare diverse volte, a prendere acqua e legna a sufficienza per accendere un fuoco.

«La tempesta qui fuori non è per nulla naturale. Dovremo rimanere qui finché non passerà», mi disse.

«Cos'è successo alla gente che viveva qui?»chiesi. La capanna aveva tutte le caratteristiche di una casa costruita con amore, che poi era stata abbandonata. C'erano dei fiori ormai seccati in un vaso sul tavolo, tutto ricoperto da ragnatele.

«È la prima fattoria che abbiamo trovato da quando abbiamo lasciato la caverna del Re dei Morti. Nulla cresce bene, in presenza del male», disse Knut. «Mentre il potere dello stregone cresceva, probabilmente ha raggiunto questo posto. I contadini se ne sono andati prima di morire di fame.» Il vento soffiava nelle crepe della porta, gemendo con quella voce inquietante.

«Oppure sono impazziti.» Rabbrividii.

«Basta parlare di questo.» Si allontanò dalla fiamma, togliendosi la polvere dalle mani. «Vieni vicino a me, piccola.»

Mi avvicinai a lui e mi mise davanti al fuoco, con la schiena contro il suo petto nudo. Le sue enormi mani mi accarezzarono le braccia, facendo su e giù sulla pelle. «Per la Luna, stai congelando! Dov'è la pelliccia che ti ho dato?»

«L'ho persa...»

«Te ne procurerò un'altra.»Mi abbracciò. Grazie al suo enorme corpo e al fuoco, il gelo allentò la presa sulle mie ossa.

Piegai la testa per guardarlo. «Il lupo... è una delle tue forme?»

«Sì.» Fece una lunga pausa, come se fosse riluttante a dirmi dell'altro. «Ce ne sono tre: il lupo, l'uomo e la bestia. Tu hai visto le ultime due.»

Una volta riscaldata, lui andò via per trovare una coperta, che poi scosse e stese davanti al fuoco. Mi sedetti nella sua direzione, mettendo da parte il bastone della strega e avvicinandomi le ginocchia al mento. Il fuoco crepitava allegramente, un suono rassicurante dopo gli ultimi due giorni pieni di orrori. Fu quasi sufficiente a farmi dimenticare che tipo di guerriero mi era seduto accanto.

Quasi.

Knut si accovacciò più vicino, alimentando il fuoco.

Le sue mani erano quelle di un uomo normale, grandi e rudi.

La maledizione di una strega, aveva detto.

«Hai combattuto bene», dissi, «contro i Grigi. Soprattutto quando... ti sei trasformato in Bestia.»

Lui grugnì e rovistò nella borsa al suo fianco, alla ricerca di altra carne essiccata. Ne trovò alcune strisce, e me le mise in mano. «Presto andrò a caccia», mormorò.

Presi la sua mano e alzai la voce così da non essere ignorata. «L'ultima volta che hai combattuto, eri in minoranza. Perché non ti sei trasformato in Bestia?»

Alzò e abbassò le spalle. Al suo silenzio, capii di aver esagerato.

«Perché, Hazel», si alzò e torreggiò su di me. «Ogni volta che permetto alla Bestia di prendere il sopravvento, perdo sempre più controllo su di essa. La Bestia vincerà, un giorno. A meno che—»fece una pausa, voltandosi verso il fuoco scoppiettante. Aveva un viso magnifico. Avvolto dal bagliore delle fiamme, persino le rughe sulla fronte e intorno agli occhi aggiungevano un tocco in più alla sua bellezza selvaggia.

«A meno che?»

I suoi occhi si spostarono su di me, brillanti e dorati.

«A meno che non trovi una compagna. Una donna con capacità speciali, datami in dono dalla Dea, che possa curare la mia anima contaminata.»

Sussultai, facendomi piccola nella sua ombra. «Come puoi trovare una donna simile?»

Gli angoli delle sue labbra si incurvarono in un mezzo sorriso. «L'ho già trovata.»

KNUT

*L*a donna tremava come una foglia nella brezza. I suoi capelli che si asciugavano erano morbidi come la seta, i suoi occhi grandi e color fulvo. La vena del cuore le pulsava in gola, e la mia mano moriva dalla voglia di sentirlo sotto il palmo.

Dovevo ricordare a me stesso di essere gentile, di metterla a suo agio. Ero abituato ad abbaiare comandi e a guidare uomini, non a dire cose dolci ad una donna.

Mi sedetti, mantenendo ancora la distanza tra noi, così da non tentare la Bestia. I miei polmoni si riempirono del suo dolce profumo. Le mie orecchie, invece, captarono il rapido ticchettio del suo cuore.

«Parlami della tua casa, del convento. Della tua infanzia.» Addolcii il mio tono di voce. «Voglio sapere tutto sulla mia compagna. Un giorno, potremmo condividere i nostri pensieri, e tu potrai mostrarmi i tuoi ricordi.»

Spalancò gli occhi.

«Quello è il frutto del legame di coppia. Si manifesterà naturalmente tra noi.»

Hazel si inumidì le labbra. Il nervosismo tingeva il suo

odore. Non c'era dubbio avesse paura di essere insieme ad un guerriero che pativa le conseguenze di una maledizione, un uomo che, tra l'altro, aveva appena incontrato.

Più ci pensavo, più la Bestia dentro di me mi incitava a prenderla, a possederla. A renderla mia. L'avrei legata a me con un legame indissolubile, un collegamento tra le nostre anime.

Mi spostai più vicino e passai la mano sulla cascata dei suoi capelli. Con un leggero sospiro, si appoggiò al mio tocco. La paura che caratterizzava il suo odore si attenuò e la Bestia in me si ritirò. «Per ora, dovrai accontentarti di raccontarmi la tua vita.»

Le sue labbra strette in una linea mi lasciarono capire che voleva resistere, voleva fare la testarda, ma alla fine obbedì alla mia richiesta.

«Per tutta la vita, ho vissuto in un orfanotrofio, accanto a un convento. Le suore accolgono gli orfani dai villaggi circostanti – ma solo le ragazze. Ho molte amiche – che considero più che sorelle. Ce ne sono alcune della mia età: Sage e Sorrel, Willow, Fern, Angelica e Rosalind. Saranno preoccupate per la mia scomparsa.» Si mordicchiò di nuovo le labbra. «Mi chiedo cosa gli dirà il frate.»

«È stato il frate a venderti?»

«Sì. Lui sorveglia la struttura e tutte noi. Le suore ci tengono impegnate con il giardinaggio e la tessitura. Il frate vende i vestiti, le erbe e il miele che produciamo, e conserva il denaro per la nostra dote, per aiutarci a trovare dei buoni mariti. Almeno… così ci ha sempre detto.» Si acciglò, una linea apparve sulla sua fronte, altrimenti levigata.«Una delle mie amiche è scomparsa durante la notte. Sari stava per fuggire con il suo amante, ma…» Hazel scosse la testa. «Qualche giorno dopo, al villaggio, vidi il suo ragazzo che la piangeva. Sari non era mai scappata dal convento. Il frate aveva scoperto che stava per fuggire e l'ha data al Re dei Morti.»

«Come lo sai?»

Hazel distolse lo sguardo. «Perché ho visto il suo corpo, nella caverna. Era rattrappito, disidratato, come un vecchio guscio. Ma era lei. Oh, Sari...» si premette il pugno contro la bocca, come se stesse cercando di ricacciare indietro le lacrime.

Nonostante i suoi sforzi, queste le rigarono le guance, e io non riuscii più a trattenermi dal toccarla.

Avvolsi le mie braccia attorno a lei, tenendo stretto il suo corpo tremante mentre singhiozzava.

«Tranquilla, bimba...»

«È colpa mia», si lamentò. «Sapevo che il frate prendeva i soldi e li teneva per sé. L'ho visto contarli, un giorno, con l'avidità dipinta in volto. Altre ragazze sono sparite, prima di lei. Il frate ci aveva detto che gli aveva trovato buoni mariti per loro, ma non le abbiamo mai più viste, nonostante ci avessero promesso che sarebbero venute a farci visita. Lo sospettavo, ma non ho avvertito le altre. Poi è stato troppo tardi: il frate mi ha presa, mi ha chiusa a chiave in una stanza con Fleur e ci ha date entrambe ai Grigi. Loro ci hanno portate nella caverna del Re dei Morti, dove mi hai trovata tu.»

«Come sei scappata dalla caverna?»

«Fleur— lei ha dei poteri. In qualche modo, è riuscita a richiamare a sé il bastone della strega.»

«Quello che hai tu adesso?»

«Sì.» Si allungò per prenderlo, e io le permisi di afferrarlo e posizionarlo davanti a noi. «Il frate lo ha spezzato sul ginocchio, ma è apparso magicamente nel momento del bisogno.»

«Fleur è stata salvata con un pezzo in mano», le dissi, grazie a quello che avevo saputo attraverso i legami del branco, prima che la tempesta e la distanza li avessero interrotti. «Con quello, ha quasi ucciso il Re dei Morti. È un peccato sia ancora vivo», la avvertii, mentre la speranza cominciava a dipingerle il volto. «Ma si è indebolito. Dovevi essere la sua sposa.»

«Lui cos'è?»

«Un antico malvagio, un Re che ha commesso atrocità di cui non oso nemmeno parlare.»La avvicinai a me, soddisfatto quando si appoggiò contro il mio corpo. Reagiva alla mia presenza, anche se stava ancora decidendo se fidarsi o meno di me. «Lo stregone è tutto fuorché naturale e i suoi servi appartengono al regno dei morti.»

«Negromanzia?»

Annuii. «C'è bisogno di un enorme sacrificio, per sostenere un potere così terribile. Un sacrificio umano.»

«Ha ucciso Sari. Chissà quante ancora delle mie sorelle del convento, sono morte per nutrirlo.»

Non le dissi ciò che i miei guerrieri mi avevano riferito: un mucchio di ossa accatastate fuori dalla grotta.

Invece, le cinsi il mento con le dita. «Non pensarlo nemmeno, Hazel. Tu sei scappata e, quando torneremo alla montagna, troveremo un modo per proteggere tutte le tue sorelle.»

«Grazie...» E quel suo leggero sorriso mi illuminò il cuore come la luce del Sole che irrompe in una giornata cupa.

HAZEL

*L*a grande mano di Knut mi accarezzò la testa, scese sulla nuca e la strinse. Il mio corpo si era rilassato grazie al suo calore corporeo e a quello del fuoco, ma, adesso, il mio battito cardiaco stava accelerando. Il suo pollice accarezzò la pelle sensibile del mio collo e un formicolio mi percorse dalla testa ai piedi, concentrandosi in due punti: sui capezzoli e sulla valle tra le mie cosce.

I suoi occhi, che si erano spinti quando avevo condiviso con lui il mio racconto, tornarono ad illuminarsi. Poi, allontanò la mano.

«Se ti dico di stare qui, mi obbedirai?»

«Sì.»

«Bene. Non ti piaceranno le conseguenze, se non lo farai.» Mi ricordò della punizione che mi aveva impartito in precedenza, e di quella che mi aveva già promesso. Al suo sguardo severo, il sangue mi si riscaldò improvvisamente.

Non appena chiuse la porta, mi alzai in piedi e mi avvicinai alla finestra, per vedere quale forma avrebbe assunto dopo. Un enorme lupo dal pelo argenteo correva attraverso il cortile, con la coda che sfiorava gli steli secchi nel giardino mal curato mentre trotterellava via.

Decisi di trovarmi qualcosa da fare, così esplorai la capanna. Trovai una scopa, in un angolo, e la usai per spazzare via le ragnatele. Una stanza umida sul retro conteneva coperte, la maggior parte delle quali ammuffite, ma, con mia grande gioia, trovai un paio di scarpe e un soprabito, riposti in una cassa di cedro. Erano cuciti davvero bene – molto probabilmente, facevano parte della dote di una sposa.

Li presi, dicendo una preghiera per la gente dispersa che si era lasciata i propri oggetti alle spalle, presa dalla fretta di fuggire.

Mentre aspettavo Knut, mi tolsi il vestito e lo lavai come meglio potevo in un secchio, per poi metterlo accanto al fuoco ad asciugare. Dopo aver aggiunto un rametto di lavanda essiccata nell'acqua che avevo messo da parte, mi diedi una rinfrescata. Il mio corpo, già forte dalle ore dei lavori al convento, era cambiato, dopo la mia recente avventura: i miei arti e la mia pancia erano diventati più muscolosi, tonificati da tutto quel correre e dal poco cibo di cui mi nutrivo, ma i miei seni si erano ingranditi, quasi gonfiati, così come le pieghe tra le mie gambe. Le toccai facendo attenzione. Una volta al mese, in prossimità della Luna piena, soffrivo di un intenso calore, una febbre che mi lasciava ansimante, in preda al bisogno. Era possibile che il mio corpo stesse rispondendo alla presenza del guerriero?

Toccai il mio abito, sperando si asciugasse presto così da poter coprire di nuovo il mio corpo traditore. Non importava che il tessuto fosse così sottile che nascondeva a malapena le mie reazioni. Non importava che lui sembrava essere in grado di sentire l'odore della mia eccitazione e parlare direttamente nella mia testa.

Volevo chiedergli perché riuscivo a sentire la sua voce nei miei pensieri, ma non volevo che mi credesse pazza.

Un tonfo alla porta mi fece voltare. Mi morì un grido sulle labbra quando vidi l'enorme lupo trotterellare all'interno della capanna, con un fagiano morto tra le fauci. Appena mi vide, si fermò di colpo. Sbuffò, lasciò a terra la selvaggina e trotterellò di nuovo fuori. La porta si chiuse.

Indossai il mio abito, ignorando le macchie bagnate. Ovviamente il Berserker era dovuto tornare proprio in quel momento! La vergogna mi bruciava le guance, facendosi soltanto peggio quando mi resi conto con orrore che, dentro di me, speravo soltanto di vederlo entrare un'altra volta.

Una volta vestita, mi affrettai per raggiungere la porta e aprirla, trovando Knut in piedi sugli scalini.

Fu il mio turno di fissarlo. L'enorme corpo muscoloso del guerriero era nudo, eccetto per un brandello di pelle che gli cingeva i fianchi, a mo' di perizoma.

Era voltato verso ovest, intento a osservare il tramonto. La tempesta era cessata, ma le nuvole erano rimaste, perciò il Sole che sprofondava all'orizzonte appariva solo come qualche linea rossa che screziava il Cielo grigio.

Quando si voltò, aveva una grande pelliccia bianca tra le mani. Qualcosa in me fremette, quando si avvicinò e, silenziosamente, mi sistemò la pelliccia sulle spalle, rimboccandomela attorno.

I miei sensi si accesero di nuova vita. Sentii il profumo della lavanda, quella che avevo usato per lavarmi, della pesante pioggia che caricava le nubi, del profumo di terra e pino che era aggrappato alla pelliccia.

Il suo grande pollice mi sfiorò la guancia, togliendo un piccolo fiore che ci si era appiccicato sopra. Tirando un respiro profondo, lasciò che la sua fronte si poggiasse contro la mia mentre la sua mano mi circondò la nuca.

«Sai cucinare il fagiano?»

«Sì»,respirai.

Le sue dita si piegarono, stringendo un po' di più quel

fragile osso, tenendomi ferma mentre la sua bocca toccava la mia. Il desiderio divampò in me, dispiegandosi, nel cuore un peso e una leggerezza allo stesso tempo.

Sussultai e indietreggiai. I suoi occhi brillavano più intensamente, ma mi lasciò andare. Tornai nella capanna, e gli chiusi la porta in faccia per poggiarmi contro di essa, utilizzandola come sostegno. Mi tremavano le mani mentre controllavo i miei seni, il ventre, la parte superiore delle cosce. Non ero nuda ma ero stata spogliata da quello sguardo dorato. E in quel momento, il calore si era accumulato nei miei punti più segreti, costringendomi a premere le gambe l'una contro l'altra, nel tentativo di sconfiggere quel disagio.

Cosa mi stava succedendo?

«Hazel», mi chiamò Knut, dopo qualche minuto.

Controllando le mie guance arrossite un'ultima volta, lasciai che la porta si aprisse, cigolando.

Knut si era messo calzoni e stivali. Avevo trovato una maglia da uomo, tra gli oggetti del contadino, ma ora non volevo dirglielo. L'ampia distesa del suo petto muscoloso mi aveva lasciata senza fiato.

«Mi dispiace. Non so cosa mi sia successo», spiegai con voce tremante.

Gli angoli dei suoi occhi si incresparono. «Non importa.» Dovette chinarsi sotto il telaio della porta, per entrare. Indietreggiai per fargli spazio, ma non fu di grande aiuto. Il suo corpo massiccio dominava la stanza. Diede un'occhiata all'abitazione, appena pulita e priva di ragnatele, e sorrise.

Non potei fare a meno di scaldarmi, alla vista del suo piacere.

Mi superò per posare il fagiano. Mi diedi una mossa e andai a concentrarmi sul mio dovere.

Quando la carne fu ben cotta, io e Knut ci sedemmo insieme a tavola. Il guerriero mi lasciò la porzione più grande e usò soltanto la mano sinistra per mangiare. La destra, intanto, aveva trovato la mia e la teneva stretta sotto al tavolo, per tutta la durata del pasto. Mi spostai solo una volta per strappare la carne tenera dall'osso, e lui mi lasciò andare. Non appena ebbi finito, però, cercò di nuovo la mia mano, prima succhiando via il grasso dalle dita e poi appoggiandola, insieme alla sua, sulla gamba, con le dita strette intorno al mio polso.

Non sapevo cosa dire, perciò rimasi zitta. Mentre finiva la sua porzione, il suo pollice giocherellava con la pelle sensibile della mia mano, accarezzandola. Un calore umido si accese tra le mie gambe, e io cominciai a spostarmi sulla sedia per alleviare il formicolio. Knut non mi toglieva gli occhi di dosso, perciò io tenni i miei incollati sul piatto, le guance fastidiosamente in fiamme.

«Finito?» mi chiese, quando il mio piatto si riempì di una pila di ossa.

Annuii, accigliandomi quando notai degli avanzi nel suo. «Hai mangiato abbastanza?»

«Il lupo ne ha mangiati un po' prima di catturarne uno abbastanza grasso per te. Sei sazia?»

«Sì.»

«Sei comoda e al caldo?»

«Sì, grazie, signore.»

Il suo sorriso diventò più ampio. «Mi fa piacere saperlo. Ora», mi diede un colpetto per farmi spostare tra le sue gambe. «Ti avevo detto che avremmo regolato i conti.»

«Cosa?»

«La punizione, per il tuo comportamento nel burrone.» Inclinò la testa di lato. «Sei mai stata punita, al convento?»

«Sì. Le suore ci punivano frustandoci con dei bastoni di legno flessibile. Il frate, invece, ci minacciava con la pagaia, ma, la maggior parte delle volte, ci rinchiudeva nel retrocucina o ci faceva inginocchiare sui sassi.»

Mi tirai su la gonna e gli mostrai le piccole cicatrici bianche.

La rabbia gli dipinse il volto. «Io non ti farei mai delle cose simili, mai. Non per punirti, almeno. Porterai il mio marchio, un giorno, ma non sarà altro che un segno d'amore.» La sua grande mano si poggiò sulla mia spalla, accarezzando una metà del mio collo. Il suo pollice accarezzò il punto in cui si sentiva il mio battito.

«Non capisco.»

«Un giorno capirai, piccola. Adesso», il suo tono riprese a suonare severo. «Hai infranto la tua parola: hai detto che mi avresti obbedito e, di fatto, non è stato così. Nel burrone, contro i Grigi, hai ignorato un ordine diretto.»

«Ti avrebbero ucciso.»

«Ti avevo detto di fuggire.»

«Non volevo vederti morire.»Fissai il tavolo finché non mi prese il mento per incrociare il mio sguardo col suo.

«È un mio diritto, proteggerti e combattere per te. Hazel, avresti potuto farti uccidere.»

Mi morsi il labbro, preoccupata.

«Me l'avevi promesso.»

«Lo so.»

Raddrizzò la schiena, poi spinse la sedia lontano dal tavolo. «Vieni qui» disse, battendosi una mano sulla coscia.

Esitai.

«Hazel, se non obbedisci immediatamente, la punizione sarà due volte più dura e lunga.» Mi tese la mano, che io afferrai, per poi lasciarmi condurre sulle sue ginocchia. In quel momento, non potevo più resistergli: era impossibile, come dire al mio cuore di non battere.

Tirò sui il mio abito, esponendomi davanti ai suoi occhi.

Mosse la gamba, facendo sì che il mio sedere andasse più in alto. Riusciva a vedere tutto – il mio sedere nudo e tremolante, la peluria che copriva il mio sesso arrossato, e il retro pallido delle mie cosce.

«Sei mai stata punita in questo modo?»

«No, signore.» Mi sembrava giusto continuare a chiamarlo così.

Ridacchiò. «Brava bambina.» Poggiò il palmo della mano sulla mia natica sinistra e quel gesto fece contrarre la mia intimità. Mi mossi, e sentii il rigonfiamento sul suo grembo crescere sotto la mia pancia.

La sua mano strinse forte la mia pelle. «Ferma, piccola.» La sua voce era bassa e roca, gutturale. «Non vuoi provocarmi più di quanto tu abbia già fatto.»

Voltai la testa e incrociai il suo ardente sguardo dorato. Ero ancora bloccata da Knut, ma l'uomo era andato via per fare posto a un vero e proprio predatore.

Le sue dita scivolarono nella fessura che mi separava le natiche, facendomi mugolare: non perché mi aveva fatto male, ma perché il mio sesso perse altra crema, a quel tocco, minacciando di bagnargli la gamba.

Knut si congelò.

«Ti sta piacendo», osservò con voce roca. «Sei pronta per me, pronta per—» Anziché concludere la frase, fece scivolare le dita più in basso. Pochi centimetri e avrebbe raggiunto il mio centro dolorante. Volevo oppormi, nonostante ne volessi ancora.

Allontanò la mano, poggiandomela sulla schiena, mentre un gemito mi scappava dalle labbra.

«Hazel, adesso ti punirò.»

«Farà... farà male?»

«Sì», disse dolcemente. «Deve, per insegnarti qualcosa. Nel branco, gli ordini devono essere eseguiti immediatamente. Io sono un leader, quindi sono in alto, nella gerarchia, ma anch'io devo obbedire al mio Alpha. La tua punizione sarà abbastanza dura da castigarti, ma non ti ferirà gravemente.»

«Non capisco.»

«Tra poco capirai.»

La sua mano si abbassò per darmi il primo schiaffo sul sedere.

«Ha fatto male, piccola?»

Emisi il respiro che avevo trattenuto.

«Sì, ma non molto.»

Seguì un altro colpo e persi di nuovo il respiro. Quando cercai di alzarmi, mi tenne ferma e mi diede un altro paio di schiaffi in rapida successione.

«Perché sei nuova a questo, non farò altro che riscaldarti il culo. La prossima volta mi ascolterai immediatamente, altrimenti riceverai due volte tanto, prima sulle mie ginocchia, e dopo su un tavolo o su un tronco, con una frusta di pelle. Starai in un angolo, con le mani sulla testa nel mezzo.»

Il mio sesso si contrasse di nuovo.

La sua mano si abbassò nuovamente, io scalciai, e lui continuò a sculacciarmi prima la natica destra e poi la sinistra, dando colpetti giocosi ma con abbastanza forza da farmi formicolare la pelle. Non stava usando tutta la sua potenza, neanche un po'.

Il disagio faceva pulsare i miei punti segreti, rendendoli ancora più umidi. Il mio dimenarmi mi schiacciò i seni contro le sue cosce muscolose e i miei capezzoli si irritarono contro quei muscoli indistruttibili. Dovevo allontanarmi, prima che i tentacoli caldi che stavano cominciando ad avvicinarsi a me si trasformassero in una vampata travolgente.

Knut mi colpì di nuovo e urlai mentre il calore si trasformava in un inferno.La mia intimità gocciolava, ormai.

«No», cercai di divincolarmi. «Devi fermarti.»

Mi bloccò le mani dietro la schiena e le tenne ferme. «Rimani immobile», mi ammonì di nuovo. «Starai ferma e subirai la tua punizione.»

La mano atterrò di nuovo sulla mia pelle ma, stavolta, solo per massaggiare la carne dolorante, per alleviare il bruciore. Tutto il dolore che avevo provato si dissipò, lasciando posto a un'intensa pulsazione, quasi piacevole.

«Oh, no», mugolai.

«Fidati di me.»

Il mio sedere pulsava, il pizzicore penetrava profondamente. Il mio sesso mi faceva male, tanto desiderava il suo tocco.

«Così i lupi disciplinano i compagni disobbedienti», mi spiegò. «Farai la brava, ora, e mi ascolterai?»

«Sì», dissi, con la voce che venne fuori dalla mia bocca quasi senza fiato.

Il palmo della mano mi strinse il lato del sedere e io squittii. «Sì, e poi? Come devi chiamarmi?»

«Sì, signore.»

«Brava bambina.»

Si impegnò ad assestare un'altra raffica di colpi, che coprirono ogni centimetro del mio sedere. Danzai sulla punta delle dita dei piedi, mugolando. Era appena oltre il limite di quello che potevo sopportare.

Smisi di cercare di oppormi e mi arresi.

Giacevo inerme sulle sue gambe, quando si fermò.

«E ora, la punizione per avere esitato ad avvicinarti quando te l'ho chiesto», disse. «Imparerai ad obbedire immediatamente e a correre tra le mie braccia o a stenderti sulle mie ginocchia non appena te lo ordinerò. Apri le gambe, Hazel.»

Lentamente, le allargai, rimanendo a testa in giù, con le

mani aggrappate alla sua gamba. Chiusi gli occhi, in attesa di ciò che sapevo sarebbe arrivato.

Per prima cosa, però, mi cinse il sesso con le dita. Si fermò a strizzarmi il sedere e poi la mano scivolò più in basso, per raggiungere le mie pieghe bagnate.

«Ooh...»

Mi colpì una, due volte, leggeri schiaffetti che non mi facevano male, ma riverberavano attraverso di me in un modo diverso. Sussultai mentre il calore si impadroniva di me.

«Soltanto un altro po'», mormorò.

Ci fu una pausa, seguita da un pesante impatto col mio centro. La forza di quel colpo mi spinse in avanti, ma io mi rimisi in posizione, vogliosa di altro. I tessuti tra le mie gambe si erano accesi, formicolando, e venivano pervasi da vita nuova ad ogni schiaffo. Mi colpì ancora e ancora, finché non ansimai e mi scostai. Le strette pareti dentro di me reagirono, e il piacere inondò il mio corpo.

«Ecco fatto» disse, accarezzandomi la schiena.

Quando mi spinsi in su, mi aiutò ad alzarmi in piedi e mi sistemò il vestito.

«Stai bene?»

Annuii. Mi cinse la guancia con la mano e io non riuscii a trattenermi dall'appoggiarmi al suo tocco.

«Sei così dolce», mormorò. «Una tale combattente, eppure il tuo corpo sa a chi appartieni.»

Scattai all'indietro: non mi ero assolutamente opposta, dovevo essere più forte di così, capace di decidere il mio destino, di andare per la mia strada, non di fidarmi così libera-mente o piegarmi al comando di un uomo. Non avevo imparato nulla, dal tempo trascorso al convento?

Knut mi lasciò andare. Il suo membro premeva contro i pantaloni, quando si alzò, ma lo ignorai.

«Vado a prendere altra legna per il fuoco.»

Appena se ne andò, sentii la sua mancanza. Quasi lo seguii, a dirla tutta. Invece, mi spostai verso la finestra per sorvegliare il giardino.

La Luna era sorta, e presto sarebbe diventata piena: quello avrebbe portato un'altra orda di problemi.

Mantenni la schiena rigida quando rientrò per occuparsi del focolare. Le sensazioni che Knut aveva scatenato durante la sculacciata si agitavano ancora dentro di me. Conoscevo a malapena quel guerriero, e il mio corpo rispondeva già al suo tocco. Non avevo mai provato un tale piacere. Ne desideravo già dell'altro. Ero al caldo, avevo mangiato ed ero più al sicuro di quanto lo fossi mai stata in tutta la mia vita. Avevo quasi dimenticato i miei piani di fuga. Non era il guerriero, a tenermi lì, ma il mio stesso desiderio.

«Hazel, vieni.»

Non c'era nessun posto dove scappare, ma i miei stessi piedi mi trascinarono accanto a lui. Subito, mi prese sul suo grembo, seduti entrambi sulla coperta davanti al fuoco.

«Dolce piccola.» Mi accarezzò la guancia con il pollice. «So che tutto ciò è nuovo e difficile da capire, ma ce la faremo, insieme. E tu imparerai a comportarti come mia compagna.»

Mio malgrado, sospirai e mi abbandonai contro di lui.

«So di essere rude con te. Ho passato una vita intera a combattere», mormorò al mio orecchio. «Quando saremo sulla montagna che è casa mia, incontrerai le altre donne che sono diventate spose Berserker. Ti aiuteranno, ti spiegheranno quello che non riesco a spiegarti io.»

«Tutte le donne del branco vengono trattate in questo modo?»

«Sì, quando lo meritano. Ce ne sono soltanto quattro – tutte sorelle. E adesso, anche tu. Non so cosa ho fatto per meritarmi un tesoro simile, ma passerò tutta la vita a ringraziare per questo.»

Chiusi gli occhi. Lui conosceva il suo destino, era un guerriero: era così semplice per lui, uccideva i suoi nemici e prendeva ciò che voleva. Io, invece, ero quella che combatteva battaglie con se stessa.

KNUT

*V*oltai la mia donna verso di me, solo per trovare i suoi occhi colmi di lacrime.

«Oh, piccola...»

Ero distrutto. Non avevo armi per combattere il suo dolore. Il suo corpo reagiva alla mia presenza proprio come il mio faceva con la sua, ma stava opponendo resistenza ai suoi desideri. Non capivo il perché. Avrei vinto le sue paure, se avessi potuto.

«Sei così forte», sussurrai. «Ti ho vista affrontare i Grigi. Così dolce e coraggiosa, la mia adorabile, piccola compagna.»

Avvolgendola tra le mie braccia, la trascinai sul letto che avevo costruito alla megliodavanti al fuoco.

Dopo qualche altro sospiro tremolante, si addormentò.

Le accarezzai il collo col naso, inalando il profumo dei suoi capelli.

La Bestia in me sapeva che era mia, io anche lo sapevo. Il suo corpo, pure.

Era la sua mente a dover ancora decidere.

* * *

DORMII POCO, e al mattino lasciai Hazel raggomitolata davanti al focolaio spento. La giornata era cominciata, splendida e luminosa, nonostante le nubi volteggiavano ancora nel Cielo, più in lontananza, proprio sopra la caverna del Re dei Morti. Lo stregone era ancora arrabbiato per aver perso la sua potenziale sposa.

Mentre mi dirigevo a prendere l'acqua, trovai altra legna da ardere e piazzai qualche trappola per procurarci da mangiare, ma la mia mente cominciò a pulsare a causa di un richiamo, proveniente da molte leghe di distanza.

Berserker sotto attacco. Torna a casa.

Le leghe tra me e la montagna erano sufficienti a smorzare i legami del branco, ma quello con l'Alpha era più forte. Il vecchio Knut avrebbe corso tra le fiamme e la morte per obbedire all'ordine ma... adesso avevo Hazel.

Torna a casa.

I miei piedi partirono verso ovest, in direzione della montagna. Mi ritrovai al fiume prima di potermi fermare. Quando lo feci, la testa mi martellò, finché non alzai uno scudo mentale.

Avevo passato una vita intera ad obbedire agli ordini dell'Alpha. Ma ora avrei opposto resistenza.

Lasciando Hazel a dormire, perlustrai a fondo la tenuta, contento quando trovai una cantina con alcune mele e patate, ancora fresche in quell'ambiente freddo. Se fossimo rimasti un'altra notte, avrei potuto cacciare sotto forma di lupo per assicurarmi di nutrirla. Per quanto fosse bella, non mi sarebbe dispiaciuto farle mettere su un po' di chili prima dell'inverno. Il pensiero di raggomitolarmi con lei, durante i mesi freddi, di saziarmi con le sue curve, costrinse la mia improvvisa erezione a gonfiarmi le braghe. Digrignai i denti, tanto faceva male.

Deviando nella foresta, poggiai la schiena contro un albero e liberai il mio membro ardente. Dopo qualche minuto a richiamare l'immagine del sedere paffuto di Hazel, sollevato dalle mie ginocchia, venni così forte che quasi caddi. Ansimando, mi afflosciai contro il tronco, cercando di riprendere il controllo di me stesso. Cominciai a vederci offuscato, mentre la Bestia ululava, nel tentativo di liberarsi.

Gli Alpha da una parte, il Re dei Morti dall'altra. E la Bestia al centro, che metteva alla prova il mio debole controllo. Ma dovevo rischiare tutto, per rivendicare la mia compagna.

Avrei sfidato l'ordine dell'Alpha. Non sarei tornato alla montagna finché lei non avrebbe portato il mio marchio e accettato il mio legame.

* * *

C'era un profumo freddo nella brezza, mentre tornavo alla fattoria, portando un nuovo bastone che avevo tagliato da un albero e pulito, successivamente. Le nubi si stavano avvicinando, il Re dei Morti era ancora alla ricerca di ciò che aveva perso.

Mi fermai quando Hazel apparve davanti a me, bellissima e con le guance rosee, che si strofinava gli occhi dopo essersi svegliata. Il mio membro riprese nuova vita, ancora una volta.

«Vieni.» Mi alzai e le tesi la mano. Il piacere mi attraversò quando mi obbedì.

Dopo essermi assicurato che non ci fossero più schegge, le diedi il bastone.

«Cos'è?»

«Ti insegnerò a brandirlo», le dissi.

«Qui? Ora?» chiese, lanciando uno sguardo alla tempesta in arrivo.

«Per passare il tempo: staremo qui, fino a domani. Stasera, mangerai bene e ti riposerai ancora un po'. Adesso, invece, imparerai a combattere.»

Si mordicchiò il labbro, tenendo il bastone con incertezza.

«Non dovrei usare solo il bastone della strega?»

«È meglio usare con parsimonia quella specie di potere. Se appartiene alla strega che conosco, un giorno lo rivorrà indietro.» La verità era che non volevo nemmeno che la mia donna maneggiasse quel bastone spaventoso. La magia ha sempre un prezzo.

«Se sei abbastanza veloce, potresti imparare a battermi», le dissi.

Lei sbuffò, ma si illuminò un po', e il suo odore si tinse di entusiasmo. Era così bella, i suoi arti lisci e robusti, il suo collo scoperto e le spalle sembravano chiedermi di marchiarla.

Un rossore le dipinse le guance, a causa del mio sguardo, e io ampliai il mio sorriso.

«Vieni, Hazel.» Indicai un punto davanti a me. «A meno che tu non abbia paura.»

HAZEL

Mi accigliai mentre pesavo il pastone sui palmi. Che guerriero insopportabile: stava in piedi a torso nudo, con solo i calzoni di pelle addosso, e le labbra perfette incurvate in un mezzo sorriso beffardo. Uno spettacolo da togliere il fiato. Il mio corpo aveva cominciato a formicolare non appena mi ero svegliata, con il suo odore addosso. Ero rimasta lì per un po', immaginando la sua mano che giocherellava con le mie carni affamate. Il ricordo di lui che mi sculacciava fu sufficiente a farmi venire la voglia di toccarmi tra le gambe.

La sua testa inclinata mi disse che aveva sentito l'odore della mia eccitazione. Alzando il mento, decisi di colpirlo con il bastone, il più forte possibile. Lui ridacchiò.

Mi avviai verso di lui.

«Innanzitutto, lavoriamo sulla posizione.»

Mi ordinò di stare in piedi con le gambe leggermente divaricate, piantate saldamente sulla pianta dei piedi, ma leggere sui talloni, così da essere pronta a dondolare indietro o a saltare in avanti. Si muoveva intorno a me, sistemandomi le braccia e le spalle.

Il suo tocco fece riscaldare il mio corpo, più di quanto riuscisse a fare il Sole del mattino.

«I Grigi sono forti, ma non sanno anticipare i colpi, perciò puoi prenderli alla sprovvista: mira alle gambe, non cercare di sopraffarli. Usa la tua velocità, le tue dimensioni minute. Abbassati e schiva. Usa l'ingegno, anziché i muscoli, e potrai confonderli abbastanza da avere una possibilità di scappare.»

«Sai tutte queste cose dalle poche volte che li hai affrontati?»

«Già. Si perdono delle vite proprio durante i secondi passati a studiare il proprio avversario, molto prima che questo sferri il colpo di grazia.» Mi fece colpire e parare fino a farmi dolere le braccia. Quando il Sole salì alto nel cielo, andò a prendere un secchio d'acqua, e mi permise di fare una pausa per mangiare qualche mela e della carne essiccata, insistendo quando avevo detto di essere sazia.

«Sei un bravo maestro», gli dissi, masticando.

«Sono stato incaricato di insegnare ai giovani guerrieri.»

«È più di questo», pensai ad alta voce.«Sei un bravo combattente. Uno dei migliori del branco.»

Inclinò il capo, un movimento aggraziato seguito da un improvviso sorriso. «Insegnerò ai nostri figli a combattere.»

Inarcai un sopracciglio.

Con passi rapidi, annullò la distanza tra noi. Quando si chinò, la sua mano si poggiò sulla mia nuca, un gesto possessivo che mi piaceva fin troppo.

«Presto ti marchierò come si deve, così il branco saprà che sei mia. Torneremo alla montagna e celebreremo la nostra unione per una Luna intera. Passerai le tue notti stesa sulla schiena, sotto di me, e i tuoi giorni tra le mie braccia, troppo dolorante per camminare. Entro l'anno, darai alla luce il nostro primo figlio.»

Spalancai la bocca.

«Dimmi che non vuoi tutto ciò quanto lo voglio io» mi sfidò, alzando il mento.

Non riuscivo a rispondere. Mi si scaldarono le guance e il mio corpo tremava dal desiderio. I miei fluidi colavano dalle labbra inferiori. Ero calda e pronta per lui.

Ma scossi la testa. «Ho altra scelta?»

«Non ne vuoi una. Il tuo corpo ha scelto me», disse compiaciuto. Il suo sguardo cadde sui miei capezzoli, che si erano inturgiditi sotto il vestito che indossavo.

Mi misi le mani sui fianchi.

«Hai detto che molti, nel branco, hanno bisogno di una compagna. Forse, quando mi porterai sulla montagna, li incontrerò e potrò decidere—»

La mia testa scattò all'indietro, schiava della mano che mi aveva stretto sui capelli. «*Tu sei mia*» ringhiò.

I suoi occhi brillavano di una luce dorata e io mi congelai, il cuore mi salì in gola mentre guardavo il predatore nascosto dietro di essi. Le sue dita si strinsero nei miei capelli, senza un briciolo di gentilezza. «Se fuggirai, io ti inseguirò. Se mi resisterai, ti vincerò. Provocami, e ti porterò a letto per sculacciarti e stimolarti, ancora e ancora, finché non ti rimarrà più fiato in gola se non per urlare il mio nome.»

La sua bocca si lanciò contro la mia. Mi voltò verso di lui e mi tenne stretta, le sue labbra devastarono le mie, più e più volte. Persi la forza nelle gambe mentre il calore si propagava nei nostri corpi, portando ogni terminazione nervosa in vita. Le sue dita si insinuarono sotto il bordo del mio abito corto e si spinsero con forza dentro la mia intimità, già pronta per lui. Inarcai la schiena, le mie urla soffocate dalla sua bocca spietata.

Il mio corpo si afflosciò tra le sue braccia: mi accorsi a malapena quando tolse la sua bocca dalla mia. Mi tenne contro il suo petto duro, bloccandomi contro di lui.

«Non provocarmi, Hazel. Userò tutto il mio potere per farti ammettere che sei mia.»

KNUT

Alla fine della giornata, mi lavai il viso nel ruscello. Mi pulsava ancora la testa a causa dello sforzo di resistere alla chiamata dell'Alpha. Non avevo più tempo.

Per tutto il pomeriggio, Hazel non aveva detto una parola. Non volevo spaventarla, ma il mio controllo si era assottigliato, molto. Era tutto quello che potevo fare per non saltarle addosso, sbatterla a terra e sprofondare dentro di lei. L'avrei scopata forte, per ore, finché non avesse dimenticato tutto, tranne il fatto che eravamo una cosa sola.

Meritava un compagno più forte. Io lo ero, più di molti esseri viventi sulla Terra, ma non abbastanza da lasciarla andare.

Diedi uno schiaffo al mio riflesso nell'acqua, danneggiando l'immagine prima di tornare alla capanna.

La tempesta era finita, ma la giornata era ancora fredda, di un fresco fuori stagione, per essere in piena estate. L'odore di fumo nel vento mi metteva a disagio: i Grigi non potevano attraversare il fiume, ma il Re dei Morti poteva avere altre armi.

Presto saremmo dovuti tornare alla montagna, nel posto

più sicuro. Era sconsiderato stare lontano dal branco, nonché pericoloso. I legami con tutti i membri aiutavano a controllare la bestia, ma non potevo affrontare i miei fratelli guerrieri se non avessi prima rivendicato completamente la mia compagna.

Ero sempre stato rispettato, nel branco, abbastanza forte da stare da solo, quando gli altri soccombevano alla furia Berserker. I Berserker come Leif e Brokk formavano legami fraterni tra loro, per aiutarsi a vicenda a controllarsi. Condividevano tutto, anche una compagna, nell'eventualità.

Io, invece, non avevo mai legato con un altro guerriero. Non avevo bisogno di aiuto – e ne ero contento, perché non avrei mai tollerato la mano di un altro uomo su Hazel. Ma un lupo solitario è un lupo morto. Se fossi rimasto solo per troppo tempo, la Bestia avrebbe preso per sempre il controllo della mia mente. Tenendomi lontano dal branco, opponendo resistenza alla chiamata dell'Alpha, stavo mettendo a rischio sia la vita di Hazel che la mia.

Dovevo trovare un modo per corteggiare quella donna. Dovevo convincerla che era mia, prima che fosse troppo tardi.

Tornai alla capanna. La ragazza era nella cantina, intenta a scegliere le verdure da mangiare.

«Hazel», le urlai. «Vieni dentro.»

Lei venne, tenendo le patate tra le braccia. Vedendola, sia il mio cuore che il mio membro pulsarono d'eccitazione, proprio come la prima volta. Sembrava essere a casa lì, con i capelli raccolti in una spessa treccia, la pelle liscia e abbronzata dalle numerose ore di lavoro sotto al Sole.

L'eccitazione ardeva nel suo profumo, ad ogni passo che faceva verso di me. Il suo cuore batteva forte quanto il mio.

Reagiva così bene a me, il che rendeva una tortura i miei sforzi per mantenere il controllo.

Le sue guance erano tinte di un rosso acceso, quando si fermò sulla soglia.

«Sto andando a cacciare», le dissi. «Tu rimarrai in casa.»

Lei annuì, non volendo sfidarmi dopo la nostra ultima 'battaglia'. Avevo conquistato la sua comprensione con un bacio, ma sapevo di non aver vinto la Guerra.

Mi spostai per permetterle di entrare nella capanna. Tenne gli occhi bassi, finché non le presi il mento e la obbligai ad alzare lo sguardo.

«Se c'è qualche pericolo, tornerò in men che non si dica. Ascolterai i miei ordini.»

«Sì, signore.»

«Bene.»

Mi abbassai per riempirmi i polmoni del suo delizioso profumo. La mia erezione lottò per liberarsi dai miei calzone, strappandomi un ringhio. *Vai dentro.* Inviai il pensiero nella sua mente, testando il nuovo legame tra noi. Doveva averlo sentito, perché sgattaiolò nella capanna e sbatté la porta.

Aspettai un attimo, combattendo la Bestia. Sarebbe stato così facile strappare la porta dai cardini e possederla ferocemente.

Sbattei la mano sul lato della capanna, facendola tremare per intero. La Bestia in me muoveva, fiutando la mia debolezza. Quante ore rimanevano, quanti giorni, prima che si liberasse?

Costringendomi ad allontanarmi, mi spogliai e mi trasformai in lupo. Avrei cacciato fino a sera e sarei tornato con un paio di prede. Niente diceva "sarò un buon compagno" come dei conigli morti.

La vita era più semplice, da lupo.

* * *

Qualche ora dopo, soddisfatto dei risultati della mia caccia, seguii una scia di piacevole odore verso casa. La donna aveva dovuto mettere delle erbe nel fuoco, perché quel fumo aveva un profumo dolce.

Mi presi del tempo per lavarmi nel ruscello e preparare la selvaggina che avevo catturato. La caccia era stata lunga e aveva dato i suoi risultati. Per ora, la Bestia era tranquilla.

Una grande Luna estiva illuminava il mio cammino mentre attraversavo il giardino per entrare nella capanna. Mi fermai per raccogliere qualche rametto di erbe che si sarebbero accostate bene ai conigli. La trasformazione da lupo a uomo mi aveva regalato un'altra grande pelliccia bianca che avevo poggiato sulle spalle. Un altro regalo per Hazel. Al lupo piaceva che si svegliasse circondata dal suo profumo.

Mi venne incontro sulla porta, con le guance rosee, quasi splendenti sotto la luce della Luna. Mi sarei inginocchiato per venerarla come una dea, se non avessi dovuto mantenere i conigli.

«Knut»,ansimò. Tra il fumo dei fiori, il suo profumo era tinto di paura.

I miei istinti tornarono all'erta. «Cosa c'è che non va? Dov'è il pericolo?»

«Non c'è nessun pericolo», scosse la testa, tremando. Mi avvicinai per prenderla tra le mie braccia, per rimproverarla di non essersi tenuta al caldo, ma lei si tirò indietro. «Non toccarmi.»

«Cosa c'è? Stai bene?»

«Non è nulla. È solo… la mia malattia. Va e viene, insieme alla Luna.» Strinse le mani davanti a sé, lanciandomi un'occhiata supplichevole. «Devi riportarmi al convento.»

HAZEL

*A*ccigliato, Knut mi spinse dentro. Poggiò sul tavolo quello che aveva portato: un macabro fascio di selvaggina senza testa.

Quando si voltò di nuovo verso di me, notai che si era messo tra me e la porta. Non importava: non potevo combattere contro di lui o scappare, ma dovevo mostrarglielo.

La febbre era cominciata non appena era sorta la Luna. Mi investiva ad ogni Luna piena, ma qualcosa – forse il tempo passato nelle braccia del guerriero – l'aveva fatta arrivare in anticipo.

Knut incombeva su di me. «Parlami di questa malattia.»

«È una maledizione, un po' come la tua. Arriva su di noi... su di me e alcune delle mie sorelle del convento.» Mi tormentai le mani. Anche solo la vista di lui mi faceva venire l'acquolina in bocca, il mio sesso si inumidiva, le mie viscere si stringevano dal desiderio.

«Quanto dura?»

«Alcuni giorni. Quando ero al convento, il frate rinchiudeva le donne che andavano in calore. Io mi addormentavo sentendole gemere e urlare come se fossero state possedute dal demonio.»

«Rinchiudeva anche te?»

Scossi la testa. «Mi nascondevo da lui. Ma stanotte è peggio, molto peggio. Sto male. Mi sono quasi... toccata tra le gambe.»

Fece una pausa. «Volevi toccarti?»

«Sì.»

«Ma non lo hai fatto?» La sua voce era più profonda, più roca.

Scossi di nuovo la testa.

«Perché no?»

«Cosa?»

«Perché non ti sei toccata?»

«Perché è proibito», sussurrai. «È la maledizione della Luna, non posso cedere. Devi aiutarmi...» Ogni secondo che passava mi portava sempre più vicina al perdere il controllo, a crollare e a voler saltargli addosso come un cane in calore. Le mie guance arrossirono dalla vergogna. «Ti prego, aiutami.»

«Ti aiuterò.»

«Mi riporterai indietro?»

Una brillante luce gialla gli illuminò gli occhi. «No, Hazel. Non ti lascerò mai andare.»

«Allora come—»

Poggiò un dito sulle mie labbra. «Zitta. Sono il tuo compagno, e ti darò ciò di cui hai bisogno. Devi fidarti di me.»

«Non voglio perdere il controllo.»

«Allora datti a me. Ti proteggerò dal male.»

Mi aggrappai ai suoi avambracci. «Devi legarmi. Gemerò e ti implorerò, ma non dovrai liberarmi. Ti prego.»

«E va bene» disse in tono burbero.

Mi legò a una sedia robusta, usando strisce di pelle morbida che aveva trovato.

«Una corda mi bloccherà meglio», gli dissi.

«No, piccola. Non permetterò a nulla di irritare la tua soffice pelle.»Il suo tocco propagò fiamme dentro di me.

Non mi opposi, quasi in preda alla malattia.

Mi rilassai soltanto quando fui completamente legata. Mi sistemò accanto al fuoco, sotto un cono di luce della luna.

«Sei bellissima, Hazel», mi sussurrò, come un segreto. Le sue dita mi accarezzarono le labbra, e sospirai, quasi piangendo dal sollievo di quel minimo tocco. Forse, toccandomi in quel modo soltanto, io avrei potuto lasciarmi cullare da quelle carezze senza avere il timore di perdere l'onore.

«Grazie.»

Mi lanciò un'occhiata strana e si impegnò a pulire e arrostire la selvaggina. Una volta finito, si avvicinò con una ciotola di carne e un coltello. «Adesso mangi», ordinò, tagliandola in piccoli pezzi da mettermi in bocca.

Mentre si chinava verso di me, cominciai ad avere la pelle d'oca.

«Hai freddo, piccola?»

«No.»Sotto l'abito sottile, il mio petto si era arrossato. Gocce di sudore scendevano tra i miei seni. «Non è nulla.» Forzai un sorriso.

Knut non sembrava felice, ma continuò a nutrirmi.

Mi leccai le labbra, assaporando il grasso. Mi portò un altro pezzo alla bocca e la mia lingua guizzò fuori per prenderlo, leccando sia la carne che il suo dito.

Lanciando uno sguardo alla Luna, dimenai le gambe, ma le strisce di pelle mi tenevano ferma.

Si alzò per prendere dell'altra carne, e il rigonfiamento nei suoi pantaloni mi arrivò all'altezza degli occhi. Una dolorosa ondata di desiderio mi attraversò, la pressione nel mio basso ventre aumentò. Gettai indietro la testa mentre sollevavo i fianchi.

Knut si voltò al mio gemito.

«Cosa c'è che non va?»

«Sta arrivando», ansimai. «Io non...» Gettai la testa avanti e indietro.

«Hazel, parlami... cosa sta succedendo?»

«Ho caldo», ansimai. «Troppo caldo.»

«Un attimo», grugnì, slegandomi i polsi.

«No! Fermo—»

Con rapida manualità, sollevò l'abito sopra la mia testa, togliendomelo di dosso. L'aria fredda mi travolse. Ma ora ero nuda e quasi libera.

«Cosa stai facendo?», urlai, mentre il mio corpo prendeva vita.

«Ti aiuterò.» Si inginocchiò davanti a me. «Sazierai la tua lussuria con me. Sottomettiti a me, Hazel. Romperò il tuo calore e non soffrirai mai più.» Poggiò la mano sulla mia coscia e la mia pelle bruciò immediatamente al contatto.

«No», dissi io. «Non voglio questo. Non sono pronta, Knut, ti prego.»

«Sei fuggita dal convento, da coloro che ti tenevano prigioniera. Perché non ti permetti di liberarti anche da questo?»

Chinai la testa. «Io... non posso.»

Si allontanò, e io cominciai di nuovo a dimenarmi. «Knut, non lasciarmi così. Devi legarmi, devi aiutarmi—»

«Sh, sh, piccola. Sono qui. Ti legherò di nuovo.»

Singhiozzai dal sollievo provato, quando le mie mani vennero bloccate di nuovo.

«Hazel, ti fidi di me?» Il grosso guerriero aveva un secchio d'acqua e un piccolo pezzo di pelliccia tra le mani.

«Cosa vuoi fare?»

«Sh. Ti farò stare un po' meglio.» Immerse la pelliccia

nell'acqua e la strizzò prima di premere quella setosa freschezza contro la mia pelle infiammata.

«Va meglio?»

«Sì», sospirai. Lavò il mio corpo in quel modo, e io mi arresi al suo tocco. «È così bello...»

«Altro cibo?»

Annuii, ma, stavolta, quando le sue dita mi accarezzarono le labbra, le succhiai all'interno della mia bocca, leccandole freneticamente finché non le tirò fuori, grugnendo.

«Non provocarmi, Hazel.»

«Altrimenti?» dissi io, in tono civettuolo.

«Altrimenti ti slegherò e ti gonfierò il culo di schiaffi, prima di metterti in ginocchio e fotterti come si deve.»

Sussultai. I miei fianchi presero a ondeggiare.

«Knut, ti prego.»

Imprecando, si accovacciò davanti a me. «Che c'è, piccola? Dimmi di cosa hai bisogno.»

I miei capezzoli si inturgidirono di nuovo quando il suo sguardo passò su di essi.

«I seni. Mi fanno male.»

«Implorami, Hazel. Implorami perché ti dia ciò che vuoi.»

«Toccali, ti prego.» La mia mente si era annebbiata, tutti i pensieri erano stati cancellati dall'eccitazione che ora comandava la mia testa. «Ti prego!» Mi spinsi verso di lui. «Morirò se non mi tocchi.»

«Va bene, va bene, basta così.» Le sue mani ruvide mi accarezzarono la pelle e io mi abbandonai al suo tocco.

«Grazie. Ne ho bisogno ancora. Ho bisogno—»

Mi stava già massaggiando, strofinando il pollice sul mio capezzolo, in un modo che inviava onde di piacere direttamente al mio sesso. Lo implorai con gemiti incomprensibili quando lo pizzicò, prima delicatamente, poi esercitando sempre più pressione.

«Fa male, così?» Osservò il mio volto da vicino.

Al dolore seguì l'eccitazione, che lavò via ogni disagio. «No. Ancora.»

Fece come gli avevo chiesto, ma non sentii nient'altro che le travolgenti onde di desiderio che lambivano il mio sesso.

Knut si chinò su di me, accigliato dalla concentrazione. Le sue labbra erano così vicine alla mia pelle...

Inarcai la schiena per avvicinarmi al suo corpo, spingendomi in alto finché le strisce di pelle che mi tenevano legata non mi strinsero la carne.

«Calmati...»Mi accarezzò, quasi massaggiandomi, per rimettermi a sedere.

Il mio respiro si trasformò in un ansimare poco profondo. «N-non... non posso...»I fluidi sgorgarono dalla mia intimità, bagnandomi il sedere e le cosce, così come la sedia su cui ero seduta. «Mi sento così persa...» Le lacrime minacciarono di rigarmi le guance. «Knut, non so perché sto facendo così. Ho cercato di resistere. Ho pregato e pregato...»

«Sh»,sussurrò lui, chinando la testa per accogliere il mio capezzolo nella sua bocca e mordicchiarlo delicatamente.

«Oh!»,urlai, ondeggiando i fianchi, un movimento che fu un invito a continuare. «Oh, sì!»

«Ti piace?» Mi rivolse un mezzo sorriso e la luce della Luna brillò sui suoi canini affilati. Senza attendere una risposta, abbassò la testa e mi leccò un seno.

«Ah!»,mi lasciai scappare un gemito, quasi un lamento. Le lacrime mi sgorgarono dagli occhi.

Il gigante guerriero rimase in ginocchio davanti a me, con la testa bionda piegata, a darmi piacere. La sua bocca scivolò giù, lungo il mio corpo nudo. Lentamente, fin troppo lentamente, finché leccò la piega tra la mia coscia e il monte di Venere, accarezzando il mio miele con la lingua.

Trattenni il respiro, desiderando si avvicinasse di più, che toccasse il punto in cui avevo più bisogno di lui.

Quando poggiò la bocca sul mio sesso, il calore della sua lingua diventò un tutt'uno con il mio, e il piacere mi travolse. La sua lingua scavò in profondità, e io singhiozzai dalla gioia, roteando i fianchi come potevo, ancora costretta alla sedia.

Quando alzò la testa, con la bocca bagnata dai miei umori, venni percorsa da un brivido. Il mio profumo si mescolò al suo, potente e giusto. Eravamo fatti l'uno per l'altra, i nostri corpi intrecciati il più vicino possibile. Lo volevo sopra di me, dentro di me. Volevo riempirmi della sua essenza. Volevo lui, soltanto lui.

«Prendimi», lo supplicai. «Knut, sono pronta. Voglio essere tua.» *Voglio essere l'unica.*

Le sue dita scivolarono sulla sommità delle mie cosce, e sapevo che aveva sentito il mio messaggio mentale. «Sei vergine, piccola?»

«Sì.»

«Sei pronta per prendermi tutto?»

Liberandomi la mano, se la portò sul rigonfiamento che aveva nei pantaloni.

Accarezzai con le dita la lunghezza dura, meravigliandomi delle dimensioni. «Sì.»

Allontanò la mia mano con delicatezza.

«Ti darò piacere, ma non ti prenderò. Imparerai com'è fatto il mio corpo, ad ascoltare la mia voce. Abbandonati a me come il fiore si volta verso il Sole. Allora, e soltanto allora, ti marchierò e ti farò mia.»

Singhiozzai. «Ti prego.»

Penetrò la mia intimità con le dita, senza preavviso. Le mie pareti si strinsero sui suoi polpastrelli, i miei muscoli interni cominciarono ad agitarsi, contraendosi disperati. Il sudore mi bagnava tutta la pelle.

Un lamento gutturale riempì l'aria: i gemiti di desiderio che venivano strappati dalla parte più profonda di me stessa.

Knut accompagnò il frenetico movimento delle dita con

bocca e lingua. Non riuscii più a trattenermi: urlai, e i miei umori si riversarono sulla sua mano, mentre l'orgasmo mi possedeva completamente, lasciandomi contorcere tra le strisce di pelle che mi tenevano legata.

Mi slegò e accarezzò i segni rossi sulla mia pelle, prima di stringere a sé il mio corpo esausto.

Knut, lo raggiunsi nella mia mente, un'unione delicata, intima, gentile.

Sono qui. Mi strinse più forte.

«Va tutto bene, piccola. Sei con me.»

«Riesco a sentirti», sussultai.

Lo so. «È questo il legame.»

Sollevai una mano e gli accarezzai le labbra, meravigliata.

«Questo è solo l'inizio», continuò. «Ora siamo legati da qualcosa di più del sangue e della carne. Non mi lascerai.»

KNUT

«*V*orrei lavarmi», mi disse Hazel. Non si era opposta alle mie parole, ma aveva tenuto il viso distante dal mio.

«Cosa c'è che non va?»

«Nulla», disse, alzandosi e avvicinandosi al secchio. «Devo andare a prendere dell'acqua.»

Le tagliai la strada davanti alla porta d'ingresso. «Andrò io.»

«Non ce n'è bisogno», disse lei, stizzita. «Posso farlo da sola.»

«Sei arrabbiata con me, piccola?»

«No.»Abbassò lo sguardo.

Avrei dato la vita, per quella donna. Avrei vinto tutti i suoi nemici. Avrei tanto voluto fossero lì, in quel preciso momento, così da poterli abbattere, anziché pensare a cos'altro dirle. «Qualcosa non va. Stai piangendo.»

«Non sto piangendo», disse, sbattendo le palpebre più volte.

Io ringhiai in risposta. «Ti sculaccerò finché non me lo dirai.»

Lei gettò il secchio a terra, mancando di poco il mio piede. Io spalancai gli occhi, cercando in tutti i modi di trattenere il sorriso che minacciava di curvarmi le labbra. Quel suo caratterino focoso me lo faceva diventare così duro da fare male. La mia coniglietta era una combattente.

«Mi vergogno tanto», disse, cancellando tutta la mia allegria.

«Di cosa mai dovresti vergognarti?»

«Di me. Perché… perché sono maledetta.»

Io sospirai. «Hazel…non c'è nessuna maledizione.»Le afferrai entrambe le mani prima che potesse voltarmi le spalle. «È un dono.»

«Cosa?»

Il suo sguardo addolorato mi spezzò il cuore, e non riuscii a frenarmi dal prendere il suo viso tra le mani, avvicinandola a me. «Oh, piccola, ti hanno mentito… ti hanno riempita di bugie per controllare la tua lussuria, per tenerti nascosto il tuo potere. Ma ora puoi lasciarlo uscire fuori. Con me sei al sicuro.»

«Come posso essere al sicuro? Voglio ancora qualcosa…» Le lacrime che le rigavano le guance mi fecero venire voglia di fare del male a qualcuno. «Cose che non dovrei volere. Non so come trattenere questo desiderio. Sono come un demone, una donna posseduta.»

«È soltanto il tuo calore.»

«È lussuria, ed è sbagliato!»

«No, è naturale.»Portandola più vicina a me, le cinsi il sesso con una mano. «Senti. Senti come siamo, insieme.»Automaticamente, si premette contro di me, i suoi fianchi che ondeggiavano contro la mia mano, finché gli umori tra le sue gambe non mi bagnarono le dita.

«No!» Si tirò via. «Pensavo che la febbre sarebbe passata, ma non è così. Dovresti legarmi di nuovo—»

«Perché?»Strinsi i denti per contenere la mia stessa eccitazione. «Sei già legata: le catene sono nella tua testa.»

«Vado a prendere l'acqua», disse lei, prendendo il secchio e superandomi prima che potessi fermarla.

Scuotendo la testa, la seguii.

Il suo corpo coperto dall'abito, sotto la luce della Luna, mi faceva bruciare il sangue nelle vene. Non appena raggiungemmo il fiume, il mio membro era così duro che pensai potesse rompermi i vestiti da un momento all'altro. Con enorme soddisfazione, mi tolsi i calzoni.

«Dallo a me», mi avvicinai a lei e presi il secchio. Lei si voltò, sussultando e spalancando la bocca quando vide che ero nudo.

Andai al fiume e mi tuffai nell'acqua. Il freddo mi fece guaire come un cucciolo, ma non riuscì ad alleviare il mio ardore. Imprecando, mi sommersi e salii di nuovo a galla con un ringhio.

Hazelstava sulla riva, una figura bianca e immobile. Avrebbe potuto essere uno spettro, formato dal chiaro di Luna per tormentare i miei sogni.

Dopo aver scacciato l'acqua dai capelli, mi avvicinai a lei, con le gocce che mi cadevano dalle spalle. Il mio membro era ancora sporgente, duro e affamato.

«Non sei l'unica, ad essere maledetta», le ricordai. «Non c'è niente che puoi fare per farmi del male. Tranne trattenere te stessa.»

«I miei guardiani al convento—»

«Erano degli idioti: hanno capito come sei davvero e, per paura, ti hanno rinchiusa. Ti temevano, e ti hanno tenuta nascosta.Ma adesso sei libera, Hazel. L'unica gabbia che ti è rimasta è quella che ti sei costruita tu stessa.» Allungai una mano per toccarla, ma mi fermai per un attimo, poggiandole un dito sulle labbra per accarezzarle.

«Tu lo vuoi», mormorai, guardandola mentre veniva attraversata da un fremito. «Perciò, Hazel, cosa vuoi davvero?»

HAZEL

Feci il possibile per tenere gli occhi fissi sul volto di Knut e non sull'organo duro pronto a penetrarmi. Mi bagnai le labbra e il suo sguardo diventò più intenso.

«Ho paura...»

«Allora datti a me. Ti scoperò finché non avrai nemmeno più un solo pensiero per la testa. Perché sei mia, e non hai nulla da temere.»

Mi chinai verso di lui, tentata. «Non sarò controllata di nuovo, com'ero al convento. Non sono abbastanza forte per sopravvivere a questo.»

«Sei più forte di quanto credi.»Sospirò. «Non ti lascerò andare, Hazel, non posso: significherebbe morire, per me. Ma questa connessione che abbiamo... è più di un semplice sentimento. Apparteniamo l'uno all'altra, siamo un'anima sola in due corpi diversi.»

Scossi la testa.

«Questo pensiero ti spaventa?»,mi chiese dolcemente.

«Non so perché ci tieni a me...»

«Davvero?»mi schernì. «Non c'è una sola cosa in te, che non mi faccia desiderare di possederti.»

Quando non risposi, lui scosse la testa. «Suppongo tu voglia sapere le ragioni, quindi mi farai stare qui, nudo, finché non te le elencherò tutte.»

«Sei tu che ti sei tolto i calzoni.»

«Sì: o li toglievo, oppure avrei rischiato di romperli.» Sospirò di nuovo, e quel movimento fece ondeggiare la sua enorme erezione. «Molto bene. È stato il tuo profumo ad attrarmi, fin dall'inizio.»

Aspettai continuasse.

«Sai, la maggior parte delle lupe sarebbe felice, ricevendo dei conigli morti.»

Incrociai le braccia sul petto. «Io non sono una lupa.»

Lui inclinò la testa, osservandomi. «Togliti il vestito. Se io sono tutto nudo, allora dovresti esserlo anche tu.»

Con le mani tremanti, feci come aveva proposto. Come sempre, il suo tono di voce mi costrinse ad obbedire. Appena l'abito cadde ai miei piedi, entrambi ci accorgemmo di ciò che stavo provando davvero, perché ero bagnata e pronta.

«Hazel»,mi chiamò respirando profondamente.

«È tardi», lo interruppi. «Dovremmo tornare alla capanna.»

«Non scappare da me», ringhiò.

Sotto la luce della Luna, riuscivo a vedere ogni linea e ombra che si affacciava sul suo viso. Knut, l'uomo, era quasi sparito e la Bestia aveva preso il sopravvento.

«Se scappi, ti inseguirò. Ti sbatterò a terra e ti prenderò in qualsiasi modo, senza fermarmi finché non ne avrò avuto abbastanza.»

Mio malgrado, feci un passo indietro.

«Hazel»,mi ammonì.

Mi leccai le labbra, decidendo rapidamente cosa fare.

Voltandomi, cominciai a correre.

Per un attimo, pensai di riuscire a raggiungere la capanna. I miei piedi battevano un ritmo frenetico contro il terreno della foresta, il respiro affannoso in gola. Poco prima di uscire dal bosco, delle braccia forti si strinsero intorno a me, sollevandomi sempre più in alto, anche quando le mie gambe già scalciavano l'aria.

«Stai ferma.» Quelle parole uscirono da una gola a malapena umana. Knut mi riportò accanto al fiume, dove aveva lasciato i vestiti. Le sue mani, quando mi stese a terra, erano gentili, ma, quando ricominciai a dimenarmi, mi tennero stretta nuovamente.

«Stai ferma, ho detto», mi ordinò, e la mia spina dorsale si congelò a quel suono gutturale.

Soddisfatto di quanto fossi immobile, mi prese le gambe per divaricarmele.

Tremavo, mugolando sottovoce «Sì, sì.»

Nonostante la voglia di perseguire il suo obiettivo, si prese del tempo per osservarmi minuziosamente. Il mio sesso era umido, gocciolante, quando si chinò per annusarmi e leccarmi la coscia per tutta la sua lunghezza. Quando mi accarezzò col naso il punto nascosto tra le gambe, seppellii le mani tra i suoi capelli. Mi mordicchiò le labbra inferiori. Afferrandomi i polsi, li bloccò su un lato.

«Oh sì», ansimai di nuovo.

Posizionò l'ampia punta del suo membro sulla mia entrata. Nonostante fossi bagnata, l'ingresso bruciava comunque.

«Non respingermi, piccola», mi disse. «Respira.»

Lentamente, spinse in avanti. Io mi allargai, respirando profondamente. Colpì la mia barriera, facendomi urlare di dolore.

La sua mano si chiuse su un mio seno per stringerlo, inviando una fresca onda di piacere in tutto il mio corpo.

«Un respiro profondo», suggerì ancora, prima di far scattare i fianchi in avanti, sprofondando dentro me.

Urlai di nuovo.

Mi cullò la testa, facendo ricadere una pioggia di baci sul mio volto. «Mai più. Non farà mai più male.»

Il dolore, infatti, stava già svanendo. Chiusi gli occhi, assaporando il suo peso appagante sul mio piccolo corpo, le sue braccia e le sue gambe che mi bloccavano. Sarei stata sempre al sicuro, tra le sue braccia.

Guardami, la sua voce sussurrò nei miei pensieri.

Lo feci.

Le nostre menti sono una. I nostri corpi, uno. Adesso guarirai velocemente.

Il calore si propagò in tutto il mio corpo, lui si mosse un po' e lo sentii dove i nostri corpi si univano, un'aderenza perfetta. Mi ero già abituata a quel gesto inizialmente brutale.

Fissai le gambe intorno ai suoi fianchi.

«Così, piccola. Prendimi fino in fondo.»

I miei fianchi ondeggiarono insieme ai suoi, dapprima dolcemente, poi ad una velocità che esigeva di più. Il suo spesso membro mi penetrò fino in fondo, premendo contro ogni parte del mio utero, riempiendomi fino all'orlo con innegabile piacere.

«È così che è?», gli chiesi con meraviglia.

«È così», disse lui. «Ma solo con te. E per me non c'è nessun'altra.»

Le mie piccole braccia lo tirarono più vicino. Non c'era nulla di cattivo lì, nell'unione dei nostri corpi. Era la sensazione più dolce del mondo, e io sarei morta felice, in quel momento.

Io no, ringhiò Knut nella mia mente. *Ho bisogno di almeno cent'anni, per godermi pienamente la tua dolce carne.*

Gli graffiai la schiena con le unghie, sentendo i suoi

muscoli contrarsi contro di me. Cominciò a muoversi più veloce, spingendosi forte nella mia intimità. I suoi testicoli, gonfi, sbatterono contro la mia pelle con una forza deliziosa.

«È la prima volta, sarò delicato.»

«Questo è delicato?» ansimai.

Spostò la testa per mordermi all'orecchio. «Ho atteso così a lungo...»

«Lo so. Prenditi il tuo piacere.»Feci scivolare un braccio intorno alle sue spalle per sorreggermi, mentre i suoi fianchi continuavano a muoversi. Il mio orgasmo arrivò rapidamente al culmine, esplodendo come una burrasca talmente potente da incrinare la quercia più maestosa. Urlai il mio piacere e venni percorsa da un brivido quando il membro di Knut si contrasse una, due volte, per liberare il suo seme delle mie profondità.

«Hazel»,ripeté il mio nome ancora e ancora, baciandomi finché non risi.

Rotolò sulla schiena, portandomi con sé, in modo che finissi stesa sulla gigantesca distesa del suo petto muscoloso. Il suo membro era ancora dentro di me. «Com'è stata la tua prima volta?»

«Bella», gli dissi timidamente.

«Non troppo dolorosa?»

«No.»La sensazione di poter essere lacerata da un momento all'altro era svanita subito.

Knut spinse il viso nell'incavo tra la mia spalla e il collo. La sua enorme mano mi cullava la testa; le mie dita scorrevano sui suoi capelli.

«Knut?»

«Mmm?»

«Perché dici che sono coraggiosa?»

Fece per muoversi e io lo strinsi di più a me, guancia contro guancia, così da non dover incontrare il suo sguardo. Mi accarezzò la schiena, con fare rassicurante.

«Ho combattuto molte battaglie, e assistito ad atti di coraggio. Tuttavia, nessuno di quelli può eguagliare il modo in cui mi sei rimasta accanto per combattere i Grigi, nonostante tremassi dalla paura.»

«Non ho mai combattuto, al convento. Non ho salvato Sari... o Fleur.»

Le sue dita trovarono la mia nuca, stringendola leggermente, in modo confortante. «Non avresti potuto salvarle, ma ne salverai molte altre.»

Allora mi alzai, lanciandogli uno sguardo.

«Quando torneremo alla montagna», il suo indice disegnò le mie labbra, «andrò dagli Alpha e gli dirò del malvagio piano del Re dei Morti. Le donne al convento verranno salvate, te lo prometto.»

Trattenni il respiro. Era troppo emozionante pensare a tutte le mie amiche—Willow, Fern, Sage, Sorrel, Rosalind, Angelica—di nuovo al mio fianco, al sicuro.

«Magari, chissà... Alcune potrebbero essere adatte a diventare spose Berserker, come te.»

«E se non volesseroaccoppiarsi?»

«Sono sicuro che i guerrieri le convinceranno.» Mi rivolse un sorriso. «Sarò anche un vecchio guerriero, ma ti ho conquistata in pochi giorni.»

Il suo dito mi solleticò le labbra. Mi voltai e lo presi tra i denti.

La sua risata fece eco nel mio corpo. «Che combattente... La mia coniglietta.»Mi cinse la guancia con la mano e mi guardò così a lungo, con uno sguardo talmente pieno di amore, che mi si riempirono gli occhi di lacrime.

«Hazel, ti ho detto che ti voglio dalla prima volta in cui ho sentito il tuo profumo. E ancora, quando ti ho vista. Ma, quando hai affrontato i Grigi insieme a me, senza scappare, ho avuto la certezza di volerti per sempre al mio fianco.»

«Mi hai sculacciata, per averlo fatto.»

«Sì», mi mostrò i denti. «E lo farò di nuovo, per estirpare tale coraggio. Non va bene che tu combatta battaglie mentre porti in grembo i nostri figli.»

Strinsi le labbra per evitare di sorridere. «Come sai che saranno maschi?»

Rotolò, portandomi con sé, con i corpi ancora uniti e le braccia e il petto muscolosi che mi intrappolavano. Spalancai gli occhi quando notai che il suo membro si era indurito di nuovo, solido come il ferro.

«Perché», spinse i fianchi in avanti, riempiendomi ancora di più. «Non smetterò di possederti finché non avremo tanti figli, e anche tante figlie.»

KNUT

*H*azel gemette nel mio orecchio, svegliandomi di soprassalto.

Eravamo stesi su un letto di soffici aghi di pino, il mio corpo raggomitolato intorno al suo. Solo la Dea sapeva quante volte l'avessi posseduta, la notte precedente, ma erano state sufficienti a farci addormentare sul terreno.

Eravamo circondati dalla nebbia. Doveva essere l'alba, ma tutto era avvolto da una spessa foschia grigia.

«È tutto sbagliato», mormorò Hazel, agitandosi come in preda a un brutto sogno.

«Piccola»,la scossi per svegliarla.

«Knut? Dove siamo?» Era fredda, con il volto pallido come la Luna della notte prima.

«Nella foresta, dove ti ho resa completamente mia.»

Il vento fischiava tra gli alberi, ma non dissipava la nebbia. L'aria densa e nuvolosa avanzava, come un esercito di fantasmi.

Hazel rabbrividì, e io le coprii il corpo con la pelliccia.

«Vieni. Dobbiamo riscaldarti vicino al fuoco.»La feci alzare, sorreggendola mentre mi rivestivo. Il suo abito era a qualche metro di distanza, perciò continuai a tenerla accanto a me mentre le riprendevo il vestito.

«È mattina?» chiese lei.

«Sì, ma sembra che la nebbia l'abbia presa in ostaggio.»

Mi voltai nella direzione in cui sapevo era ubicata la capanna e trovai un muro di nebbia, troppo fitta per vedervi attraverso.

«Vieni», le dissi, fingendo un tono di voce sicuro. «Da questa parte.»

Ma, nonostante camminassimo, non raggiungevamo nulla.

«Fa freddo», mormorò Hazel. Qualche metro dopo, sospirò.

«Stai bene, piccola?»

«Mi fa male la testa.»

«A te la testa, a me l'uccello: mi hai sfinito, ieri» dissi, vincendo un'occhiataccia.

L'umorismo ebbe vita breve, solo qualche passo di più. Qualcosa si spostò nella nebbia, e io ringhiai, percependo il sapore acido della paura nelle viscere. Ero stato un idiota per non aver creduto fosse un attacco.

«Torniamo al fiume.» La tirai con me, davanti a un'altra densa ondata di nebbia. L'aria si diradò un po' soltanto quando raggiungemmo l'acqua.

«Knut, che cos'è?» Hazel batteva i denti. La presi tra le mie braccia e attraversai il corso d'acqua. Lì la nebbia era meno fitta, ma continuava ad alzarsi.

«Il Re dei Morti sta venendo a cercarti. È attratto dal tuo calore, ma ti proteggerò io.»

Ci addentrammo nella foresta, con la paura che mi divorava il cuore. Non avevo la mia ascia, ma quale arma avrebbe potuto affrontare quel clima? Era meglio stenderci e aspettare, anche se poi, se i Grigi ci avessero trovato, sarebbe stato tutto perso.

Non c'è via d'uscita. Non c'è speranza.

Nel profondo, la mia Bestia era in preda all'ira, ululando spinta dalla violenza, come se il nemico fosse lì, pronto ad attaccare.

«La nebbia influenza la mente», dissi improvvisamente.

«Sì», rispose Hazel, sembrando davvero stanca.

Mi prudeva la pelle mentre il vento si alzava, spingendo la nebbia sul nostro cammino.

«Dobbiamo correre», la tirai con me, solo per ritrovarmi davanti ad un altro fitto banco di nebbia.

Hazel inciampò e persi la presa su di lei.

«Knut!»urlò, sembrando improvvisamente lontana.

«Hazel!»,la afferrai. Le mie braccia si chiusero attorno a lei, ma la tempesta cominciò a turbinare intorno a noi, una voce nel vento mormorava, con uno scopo malvagio. Il Re dei Morti. Non c'era da stupirsi che la mia Bestia stesse lottando per assumere il controllo.

«Vieni ad affrontarmi come un uomo!», urlai. Il canto diventò una risata beffarda.

Cercai di raggiungere gli altri attraverso i legami del branco, alla ricerca di aiuto. Ero stato un folle ad isolarmi dai miei fratelli Berserker: la mia sfiducia nei loro confronti aveva soltanto messo a rischio la mia donna.

Una folata di vento mi sferzò sul corpo. Accucciandomi davanti ad essa, cercai di coprire Hazel come meglio potevo, ma, quando mi rialzai in piedi, la nebbia si era trasformata in una gabbia, quattro dense pareti ci circondavano. Con un mormorio appena accennato. Hazel scivolò via dal mio abbraccio.

«No!»Allungai una mano per riafferrarla, solo per ritrovarmi una manciata di fumo tra le dita. «Hazel!»

Silenzio.

Hazel. Cercai di raggiungerla attraverso il legame mentale, ma trovai i suoi pensieri pieni di disperazione.

Oscura. Sporca. Indegna.

«Hazel!» la chiamai, mantenendo un tono calmo.«Dove sei? Segui la mia voce, torna da me.»

«Non posso, Knut.» Quando finalmente mi rispose, la sua voce sembrava piccola. «Sono troppo debole. Dovresti lasciarmi.»

Mi spinsi in direzione della sua voce, ma camminare sembrava come guardare dentro l'abisso.

"Il Re dei Morti ti sta mentendo per farti impazzire!»

Sono debole. Ho ceduto alla lussuria. I miei desideri sono immondi, contaminano tutto ciò che toccano.

Sono nei tuoi pensieri, piccola. Non sei immonda, né sbagliata.

Hazel rimase in silenzio nel vento stridente, il Re dei Morti rideva di me.

«Non ti permetterò di prenderla con te!» urlai, mentre gli artigli spuntavano dalla mia mano.

Mi spinsi in avanti e quasi inciampai su qualcosa di piccolo: la mia donna, rannicchiata in una triste pallina.

«Piccola…» La presi tra le braccia, accarezzando la sua pelle fredda. «Oh, Hazel, perché sei così spaventata?»

«Dovresti lasciarmi.» Soffocò in un singhiozzo. «Salvati. Non verranno a cercarti, se avranno me.»

«*Mai.*» La sollevai e camminai a fatica fino a raggiungere un albero. La poggiai accanto al tronco, circondato dal confortevole profumo di pino. «Tu sei mia, e non ti lascerò mai andare. Non mi arrenderò a un esercito. Non possono portarti via da me, più di quanto possano prendere la mia anima.»

«Vogliono la mia anima», disse lei, in un sussurro terrorizzato. «Stanno venendo a prenderla.»

«Non possono averla.»Stringendole i capelli in una mano, la baciai e lei si aprì a me con un respiro tremolante, accettando il calore che si riversava dal mio corpo al suo.

Tu sei mia. Toccami, Hazel. Senti il mio bisogno.

La mia lingua la assaporava, mentre il mio membro si gonfiava contro i calzoni. Intanto che reclamavo la sua bocca, mi liberai: una sola spinta ed ero già in quel caldo canale meraviglioso. I suoi muscoli si strinsero intorno a me, spingendomi sempre più in profondità, richiamandomi a casa.

Sentilo, piccola. Questo è reale.

«Knut»,ansimò contro la mia bocca.

«Sì, piccola, dì il mio nome. Ricorda che sono tuo.»*Ti dono la mia vita.*

Le sue gambe si chiusero intorno ai miei fianchi, così da poterla sollevare e continuare a spingermi nelle sue profondità. Gettò indietro la testa, contro il tronco d'albero, schiudendo quelle labbra perfette.

«Ti amo»respirò lei, facendomi cadere in ginocchio.

La stesi con attenzione sulla schiena, i suoi capelli sparsi sul terreno.

Marchiala, ordinò la mia bestia, e non riuscii a resistere ancora.

Spostandole i capelli dalla spalla, le inclinai lateralmente la testa.

Le mie fauci penetrarono la sua pelle.

Potere. Calore. Un fulmine attraversò i nostri corpi. Lei venne, contorcendosi sul mio membro. Mi spinsi in profondità dentro di lei, riempiendola col mio seme e i miei pensieri – tutta la forza del mio amore le invase la mente, scacciando il Re dei Morti.

«Knut», disse lei, tra un mio bacio frenetico e l'altro. «Cosa succede? Cosa hai fatto?»

Le portai la mano sul segno sulla sua spalla. Stava già guarendo.

«Siamo uniti per sempre, piccola. Sei nella mia mente, così come io sono nella tua, e non saremo mai soli.»

Intorno a noi, la nebbia turbinò.

Non sarà mai tua, sussurrò una voce oscura.

Sollevai la testa mentre una cupa disperazione si riversava nella mia mente.

La pelliccia si increspò lungo il mio braccio. Urlai mentre la mia colonna vertebrale si allungava e incrinava, il mio corpo si contorceva a causa della magia. Allontanandomi da Hazel, allungai la mano e la osservai trasformarsi in enormi artigli.

«No—» Barcollai all'indietro. «Hazel... corri!» rantolai, mentre le mie ossa si rompevano e si rimodellavano. La trasformazione incombeva su di me, e faceva male come non mai.

«Knut! Cosa sta succedendo?»

«La Bestia—» Soffocai sulle parole. L'avevo marchiata troppo tardi.

La nebbia, intanto, continuava a turbinare intorno a noi, riecheggiando di risate beffarde.

La tua forza è inutile, guerriero. La voce del Re dei Morti ruppe il mio controllo. *Come riuscirai a salvarla da me, se non riesci nemmeno salvarla da te stesso?*

«Vai!» la parola diventò un latrato, mentre la mia gola e la mia mascella prendevano una nuova forma. *Hazel, devi andartene prima che sia troppo tardi.*

«No, Knut, rimani con me!»Le piccole mani di Hazel si aggrapparono al mio corpo. Cominciavo già a vederci rosso.

Perdonami. Ti ho delusa. La mia pelle si trasformò in pelliccia, e mi scostai da lei.

«Non puoi lasciarmi!» urlò lei.

Era accanto a me, singhiozzava e mi tirava il braccio. Io ringhiai, e lei si ritrasse.

Lo vedi? Vedi il mostro che sono diventato? Non ti lascerò incatenare a me.

«No.»Nonostante la paura nel suo odore, si alzò e si mise

davanti a me. «Mi hai salvata. Noi ci apparteniamo. Mi hai liberata.»

Sono solo un guerriero. Non sono adatto ad essere il tuo compagno.

«Knut!»Allungò di nuovo la mano verso di me, e io ruggii. Quando si rannicchiò, mi allungai su di lei: la Bestia sentiva l'odore di una donna fragile e tremante. Voleva possederla.

Le lacrime le rigarono le guance quando inclinò indietro la testa e mi mostrò la sua gola. *Allora prendimi: sono tua.*

Circondato dalla nebbia puzzolente, la pungolai con il naso e seppellii il volto tra i suoi capelli. Odorava di Hazel, di calore e amore e fragole.

La sua voce raggiunse i miei pensieri. *È il Re dei Morti che sta cercando di controllarti. Non ascoltarlo, rimani con me.*

Piagnucolai. Il suo respiro era tremante: aveva paura, ma rimase immobile sotto di me. Così piccola e innocente. Un battito così fragile. Così facile da distruggere.

No. Mi sollevai, mostrando i denti al nemico invisibile. Gli artigli lacerarono la mia stessa carne: mi sarei strappato il cuore, prima di farle del male.

«Fermo!»Hazel raggiunse le mie mani insanguinate, e io la spinsi via.

Un suono invase la nebbia – la ritmica cadenza di passi in marcia. Mi voltai.

È troppo tardi per me, le dissi. *Morirò, così potrai essere libera.*

Con un ultimo grido, balzai in avanti per affrontare i suoi nemici.

HAZEL

*K*nut, urlai, ma aveva bloccato la comunicazione attraverso il legame. Mi faceva male, laddove riuscivo a percepire il vuoto che aveva occupato lui stesso, poco prima. La connessione era durata solo per qualche attimo, ma percepivo la sua perdita come un arto amputato.

Barcollai in piedi, spingendomi in avanti nella nebbia densa. Dovevo trovarlo.

Senti Knut ruggire, lontano....

Un enorme figura si profilò dalla nebbia: un guerriero con gli occhi dorati. Poi un altro, e un altro ancora.

Inciampai all'indietro e colpii un corpo muscoloso e armato. Ero circondata dai Berserker, che mi bloccavano ogni via di fuga.

«Che cos'è?» Una grande mano mi prese i capelli. Le diedi uno schiaffo, e, in risposta, venni stretta da braccia muscolose.

«Una donna.»

Altre mani mi afferrarono le gambe. «Ha un profumo delizioso.»

«È in calore...» La voce era densa di lussuria. «Una profetessa.»

«Non è stata rivendicata?»

«Lasciatemi!»Calciai forte, e il mio piede colpì il guerriero che mi teneva le gambe, finché non mi rimise a terra. «Sono di Knut. Non potete avermi!»

«Knut?»Anche il guerriero alle mie spalle mi lasciò, voltandomi per incontrare il mio sguardo. Era un grosso bruto dai lineamenti spigolosi, ma le sue mani erano gentili. «Non sapevo che Knut avesse una donna.»

«Ce l'ha adesso.Lui è mio», ringhiai selvaggiamente, come un Berserker in preda alla follia.

Il Berserker sbatté le palpebre, sorpreso. Alcuni ridacchiarono.

«Aspetta, fermala!» urlò un altro guerriero. Un rosso avanzò dal cerchio di uomini. «Tu sei Hazel? Questa è la ragazza che Knut ha salvato», disse, quando annuii.

«È vero, Leif?» chiese il bruto che mi teneva.

«Sì, è vero.» Leif fece un cenno del capo verso di me. «Lei è il motivo per cui ha disobbedito ai comandi dell'Alpha.»

«Allora lei viene con noi.»Con un grugnito, il guerriero mi sollevò di nuovo.

«Aspetta!», mi dimenai. «Lasciami andare!»*Knut!* Lo raggiunsi mentalmente e lo sentii ruggire di rabbia, a causa dell'impotenza. I guerrieri dovevano averlo legato, per tenerlo lontano da me, ma, quando lo raggiunsi di nuovo attraverso il legame, rimase in silenzio.

Nel panico, cominciai a dimenarmi con più violenza.

«Mettila giù, Thorbjorn. È di Knut», disse Leif. «Odora del suo seme.»

Thorbjorn grugnì di nuovo, ma mi rimise a terra.

Con le mani tremanti, mi spinsi indietro i capelli e mostrai il segno che avevo tra il collo e la spalla. La magia aveva fatto il suo lavoro: il marchio era rosso e brillante, ma stava già guarendo. Speravo non svanisse mai.

«Ti ha marchiata?»Leif e gli altri si spinsero vicino a me, ma non mi toccarono.

«Sono la sua compagna. Lui dov'è?»

«È nelle mani dei guerrieri che ha cercato di attaccare. Ne risponderà all'Alpha, sia di questo che dei suoi crimini.»

«Cosa?» sussultai. Cercai di spingermi fuori dal cerchio di guerrieri, ma era come se fossero fatti di pietra.

«Adesso basta, ragazza.» Un guerriero dal viso severo si mise sul mio cammino. «Andiamo via da questa nebbia, torniamo alla montagna.»

Formarono un cerchio intorno a me, quattro pareti di armi, scudi e corpi muscolosi. Mentre marciavamo, continuavo a cercare di raggiungere mentalmente Knut, bisognosa di sentire i suoi pensieri. Tutto ciò cheriuscii a sentire, però, era il silenzio.

Più camminavamo, più la mia mente si liberava. La nebbia si dissipò lentamente, ma la testa mi faceva male a causa della perdita del legame.

«Sei stanca?» mi chiese Leif.

Scossi la testa. «Come fai a sapere il mio nome?»

«La tua storia è stata condivisa con tutto il branco. Fleur è tornata da noi, e ci ha detto che hai combattuto per salvarla, e sei riuscita a scappare da sola dalla caverna del Re dei Morti.»

Quasi inciampai. «Fleur è con voi?»

«Sì, è al sicuro.» La mano di Leif mi era già vicina, pronto per prendermi nel caso fossi caduta, ma si premurò di non toccarmi.

«Potrò… Potrò vederla?»

«Potrai vedere sia lei che i suoi compagni. Fiorisce con le loro cure.»

«E Knut?»

«Sarannogli Alpha a decidere», rispose un altro guerriero, togliendo la parola a Leif. «Andrà davanti agli Alpha per rispondere dei suoi peccati.»

«Brokk!», disse Leif, ammonendolo, e l'altro si zittì, scuotendo la testa.

«Quali peccati?» chiesi.

«Gli Alpha hanno cercato di mettersi in contatto con Knut, ma lui ha tagliato le comunicazioni e ha resistito al loro ordine di tornare dal branco. Questo lo ha reso instabile, e ha permesso alla sua Bestia di consumarlo, o quasi.»

«Ma non è vero che ha perso il controllo! Non mi ha ferita, si è trattenuto.» Soffocai quasi alle mie parole. Aveva detto che eravamo compagni: forse il mio amore non era abbastanza per alleviare la maledizione? «Ero al sicuro con lui, mi ha protetta.»

«Ha disonorato se stesso e il branco, quando ha disertato per reclamarti.»

«Per favore, devo vederlo. Dovete lasciarlo parlare con me.»

Knut, provai di nuovo. *Non escludermi, fammi sapere che stai bene.*

«È sotto sorveglianza finché non vedrà gliAlpha. Loro decideranno il suo destino.»

«Il suo destino?»

«Se gli Alpha lo riterranno colpevole di aver perso il controllo, potrebbe essere giudicato troppo instabile per avere una compagna», spiegò Leif. «Potrebbe scegliere la punizione estrema per salvare il suo onore.»

Deglutii. «Quale sarebbe, questa punizione?»

La voce di Brokk si fece cupa. «La morte.»

* * *

PIÙ CI AVVICINAVAMO ALLA MONTAGNA, più splendeva luminoso il Sole, ma i miei pensieri erano ripiombati nella disperazione. Anche se gli Alpha avessero perdonato Knut, mostrando pietà perché eravamo sotto l'attacco del Re dei Morti, Knut non sarebbe tornato al mio fianco, se credeva di non meritare di essere il mio compagno.

Allora cosa ne sarebbe stato di me?

Ai piedi della montagna, due donne sedevano su delle pietre, con le dita incrociate sul grembo. Si alzarono quando ci avvicinammo.

«Vai da loro», brontolò Brokk. Leif annuì, incoraggiandomi.

Consapevole del mio abito malandato e dei capelli arruffati, sollevai un po' la gonna e mi avvicinai alle donne, una dai capelli biondi, l'altra mora. Più mi avvicinavo, più mi sembravano familiari.

«Hazel?», disse la bionda, e io mi fermai. Sia lei che l'altra donna cancellarono la distanza che ci separava.

«Io sono Sabine», mi disse ancora la bionda. «Questa è mia sorella Muriel.»

«Benvenuta», mi salutò Muriel, in una voce che, in qualche modo, riconoscevo. «Ti stavamo aspettando.»

«Conosci Fleur?», sbottai. «Le assomigli.»

«È la mia gemella», sorrise Muriel. «Sabine è nostra sorella maggiore.»

«Vieni», disse Sabine. «Abbiamo sentito la storia di come sei fuggita dal Re dei Morti e della tua permanenza con Knut. Vorrai rinfrescarti.»

«Gli Alpha vorranno interrogarla», disse Brokk.

«Non finché non si sarà riposata un po'.» Il tono di voce di Sabine diventò tagliente. Mi prese un braccio, e Muriel prese l'altro.

Ignorando il resto dei guerrieri, le sorelle mi condussero via.

Mi portarono davanti all'ingresso di un enorme alloggio costruito nella parete laterale della montagna. Davanti alle grandi porte c'erano due guardie.

«Abbiamo bisogno di acqua e legna da ardere» gli disse Sabine, con l'altezzosità di una regina. Dopo uno sguardo, i due guerrieri annuirono e si allontanarono a passo sostenuto.

«Ecco.» Sabine spinse le porte per aprirle. «Adesso abbiamo un po' di privacy.»

All'interno, il rifugio era splendidamente arredato con sedie intagliate e un tavolo pieno di ciotole colme di cibo. C'era un letto, in fondo, coperto da numerose pellicce. Dalle travi, sul soffitto, pendevano fasci di erbe, che riempivano l'ambiente con un profumo delizioso. Un fuoco ardeva già nel focolare, con accanto alcuni calderoni d'acqua.

"Ti piace la tua nuova casa?" chiese Muriel. Sabine si avvicinò subito al fuoco e prese uno dei calderoni per svuotarlo in una vasca di pietra, a cui poi aggiunse una manciata di erbe.

Mi limitai ad annuire, senza parole.

Sabine mi fece cenno di spogliarmi ed entrare nella vasca.

Muriel sedeva su una panca, dopo aver preso un pezzo di tessuto, un ago e del filo. «Fleur ci ha detto che taglia porti. Ti procureremo nuovi abiti quando sarà di nuovo sicuro andare al mercato. Fino ad allora, ho modificato alcuni dei nostri.»

«Vieni, Hazel»,mi incoraggiò Sabine. «L'acqua diventerà fredda.»

Mi accomodai nella vasca mentre le due sorelle si davano da fare per preparare il cibo, cucire i miei nuovi vestiti e aiutarmi a lavarmi. Erano dolci e gentili, con le loro battute allegre e le classiche prese in giro che si fanno tra sorelle. Proprio come me e le mie compagne orfane al convento.

Nonostante ciò, non riuscivo a rilassarmi.

«Dov'è Knut?» chiesi, una volta asciutta e vestita. «Desidero parlargli.»

«È arrivato prima di te, ed è andato dritto a parlare con gli Alpha», disse Sabine, seduta dietro di me per pettinarmi i capelli bagnati.

«È nei guai?»

«Dipende...»Muriel mi passò una ciotola di stufato, ma ero troppo nervosa per mangiare.

«Hazel, ti ha ferita in qualche modo?»

«No. Mai. Nemmeno quando si è trasformato in Bestia. Vi prego, dovete dirlo agli Alpha.»Mi voltai e presi la mano di Sabine.

Delicatamente, si liberò dalla mia disperata presa, e mi sollevò i capelli dalla spalla per osservare il marchio. Resistetti all'impulso di coprirlo con le mani. Era la prova di un atto intimo: non mi piaceva il fatto che fosse in bella mostra.

«Fleur ci ha detto della tua vita al convento», disse alla fine Sabine. «Hazel, tu provi il calore dell'accoppiamento?»

«Io—»Arrossii. «Sì.»

«Pensiamo tu sia una profetessa. Un tipo speciale di donna che può accoppiarsi con i Berserker.»

«Lo so, me l'ha detto Knut.»

«Siamo davvero poche e siamo preziose per il branco. Ecco perché gli Alpha non permettono ai lupi instabili di accoppiarsi.»

«Vi prego...» Mi alzai, torcendomi le mani. «Knut non è instabile. Stava combattendo la sua furia. La nebbia – la magia del Re dei Morti ha influenzato la sua mente.»

«Gli Alpha saranno clementi», disse Muriel.

«È il tuo legame che potrebbe salvarlo», disse Sabine. «Capisci come funziona il legame?»

Scossi la testa.

«Te lo spiegherò, ma devi mangiare.»Sabine attese finché non mi sistemai al tavolo e mi obbligai a mandare giù un paio di bocconi. «Ci sono diversi tipi di legame. Ogni membro del branco è collegato all'altro. Gli Alpha hanno un legame più potente con ogni lupo. Poi, ci sono i legami fraterni che si formano tra due o tre lupi.»

«Legami fraterni?», chiesi.

«Di solito succede quando due lupi si salvano la vita a vicenda. I legami fraterni collegano due guerrieri, una connessione più forte di qualsiasi altra, nel branco. Li aiuta a resistere alla maledizione.»

«Knut ha un legame del genere?»

«No. È un guerriero eccezionalmente forte. Quasi un lupo solitario. Ma, alla fine, la bestia lo ha quasi vinto», mormorò Sabine.

Muriel si schiarì la gola. «Il legame fraterno permette a due uomini di condividere una compagna.»

«Condividere?» Spalancai la bocca.

«Sì.» Le guance di Muriel si dipinsero di un rosa acceso. «Io sono la compagna di due lupi.»

«Proprio come me», aggiunse poi Sabine, divertita. «Fleur ne ha tre.»

«*Tre?*» Scossi la testa. Essere posseduta da un solo, enorme guerriero era stato abbastanza. Non avrei potuto immaginare come sarebbe stato con due. O addirittura tre.

«C'è un legame che, invece, è più forte di tutti gli altri», continuò Sabine. «Quello tra compagni.»

Intanto, Muriel annuiva.

«Ci sono dei segni per capire se ci si trova davanti a una vera compagna di un Berserker. Il calore d'accoppiamento», Sabine alzò un dito per contarli. «Un morso d'accoppiamento, che guarisce in fretta, dato che il Berserker condivide la sua magia. E un legame d'accoppiamento che collega le due menti.»

«Possiamo sentire i pensieri del nostro compagno», spiegò Muriel.

«Io e Knut anche...» Abbassai lo sguardo: mi stava ancora escludendo dai suoi pensieri.

«Quando l'hai sentito per la prima volta nella tua mente?»

«Fin dall'inizio. L'ho visto nei boschi, ed è venuto a salvarmi dai Grigi. È stato in quel momento che l'ho sentito.»

Muriel e Sabine si scambiarono uno sguardo. «È il legame d'accoppiamento più veloce di cui abbia mai sentito parlare», disse Sabine. «Forse la magia che aleggiava intorno alla caverna del Re dei Morti ne ha agevolato la formazione.»

«O forse Hazel era già pronta.» Muriel mi toccò il braccio.

Posai sul tavolo la ciotola e tirai i piedi sulla panca, avvolgendo le braccia intorno alle gambe. «Non so cosa pensare di tutto questo.»

Le sorelle mi guardarono mentre mi mordicchiavo il labbro.

«Com'è... con Knut...?» chiese Sabine.

Arrossii.

«Credo sia una risposta esaustiva», mormorò Muriel.

Ebbi un pensiero orribile. «Knut mi ha detto che avrei potuto alleviare la maledizione, ma poi la sua Bestia ha comunque preso il controllo. Forse non sono la sua vera compagna come crede...»

«Non è così che funziona l'accoppiamento», disse Sabine con un sospiro. «La Bestia continua a vivere dentro di loro. Continua a lottare per il dominio, ma la tua presenza sazia il suo desiderio più grande. Quando il desiderio si imporrà, soltanto tu sarai capace di soddisfare Knut.»

«Ma... il mio calore?»

«Continuerai ad andare in calore. Ma sarà... uh... diverso.» Anche Sabine arrossì. «Più intenso. Ma piacevole, quando hai un compagno accanto.»

«Ci sono altre, al convento, che vanno in calore?» chiese Muriel.

«Sì, tutte.» Mi accigliai. «Eccetto le più giovani. Siamo tutte maledette.»

«Non è una maledizione, Hazel», disse Sabine dolcemente. «Questo è il tuo potere.»

«Non è quello che mi è stato detto.»

«Lo capisco. Ma ora sei accoppiata con un bel guerriero. Lui ti insegnerà tutto daccapo.»

E mi avrebbe punita volentieri finché non avrei imparato. Il pensiero mi fece riscaldare le guance, e il mio cuore cominciò a galoppare. Scossi la testa.

«So che non posso tornare al convento, quindi devo affrontare questa nuova vita. È solo che... è così diversa, così strana.»

«Lo è», disse Muriel, con la voce gentile. «Confida nel tempo. Qui prospererai.»

«Le profetesse sono destinate ad accoppiarsi con i Berserker», aggiunse Sabine.

«Non so se sarò una buona compagna.»

Muriel distolse lo sguardo accennando un sorriso.

«Sono sicura che Knut ti insegnerà tutto ciò che avrai bisogno di sapere», disse Sabine.

Mi morsi il labbro.

«Cosa c'è, Hazel?»

«Mi ha punita.»

«Ah sì», sospirò Sabine. «C'è anche quello. Le regole del branco lo stabiliscono.»

«E inoltre, è nella loro natura», aggiunse Muriel. «Il loro dominio, la nostra sottomissione...»

«Al convento mi hanno insegnato ad obbedire. Ad essere silenziosa e compiacente, come dovrebbe essere sempre una donna.»Le dita tormentarono la mia nuova gonna. «Che differenza c'è nell'essere una sposa Berserker?»

Sabine ridacchiò. «Noi non siamo silenziose. Solo una donna forte può essere la compagna di un Berserker.»

«Io non sono molto forte.»

«Ci vuole un'enorme forza per abbandonare la propria vita per qualcuno, ma questo è l'amore.»

Fissai Sabine: era fiera e brillante. Muriel, invece, bella e forte. Quelle donne erano abbastanza potenti per accoppiarsi non con uno, ma con due brutali Berserker.

«C'è potere, nella resa», disse poi Sabine. Con il modo in cui alzava il mento quando parlava, non riuscivo a immaginare che si sottomettesse. Forse era per questo che aveva due uomini. «Tutta la magia richiede un sacrificio. La nostra, richiede un sacrificio del cuore: più ci sottomettiamo, più potenti diventiamo.»

«Il potere di guarire e creare, non di distruggere», specificòMuriel. «In questo modo, riequilibriamo la Bestia.»

«Ma entrambi richiedono forza.» Sabine si alzò e venne a mettersi davanti a me. «C'è forza nel condurre, e forza nel seguire.»

Mi lasciai scappare un sospiro. «Knut è stato da solo per molto tempo.»

«Tu gli insegnerai ad addolcirsi, ad amare», disse Muriel. «In quell'ambito, sarai tu a comandare.»

«Al convento ti hanno riempita di bugie per rafforzare la tua obbedienza. Noi ti abbiamo raggiunta per donarti la verità. Se rimani con Knut, ci saranno momenti in cui dovrai piegarti alla sua volontà. Ma, alla fine, tutto verrà fatto con il tuo consenso.» Sabine mi rivolse uno sguardo tagliente che penetrò nelle profondità della mia anima. «Scegli lui, Hazel?»

Sapevo già la risposta, prima ancora che mi fosse posta quella domanda. Avrei detto la verità, anche se mi terrorizzava. «Appartengo a lui, e lui appartiene a me.»

Sabine si sedette di nuovo, rivolgendo a Muriel un cenno di intesa. «Lo diremo agli Alpha.»

KNUT

I quattro guerrieri mi vennero incontro mente lasciavo il ricevimento degli Alpha.

Leif e Brokk, Rolf e Thorbjorn erano sempre pronti a combattere con me, anche prima che la strega ci maledisse.

«Grazie», dissi. Mi guardarono con sorpresa, e provai vergogna. Era davvero così tanto tempo che non esprimevo la mia gratitudine, il mio bisogno del branco? «Senza di voi, io e Hazel saremmo ancora dispersi, probabilmente.»

«Eravate a un passo dal liberarvi dalla nebbia.»Thorbjorn, il più grande del gruppo, si avvicinò per gettarmi un braccio intorno al collo. Ci demmo una pacca sulla schiena, finché i legami tra noi non cominciarono a vibrare.

«Sono stato un folle a rimanere via», dissi. La mia arroganza aveva messo a rischio la mia compagna.

«Avremmo fatto lo stesso, se avessimo avuto la fortuna di trovare una compagna.»Leif inclinò di lato la testa. «Beh? Cosa hanno detto gli Alpha?»

«Devo parlare con Hazel.» Avevo implorato i miei leader di punirmi per aver disonorato il branco. Si erano rifiutati, lodandomi, invece, per aver salvato e reclamato una profetessa. Avevano perdonato persino la mia disobbedienza.

Potevo solo sperare che Hazel facesse lo stesso.

«La tua compagna ti sta aspettando», disse Rolf. Incrociò le braccia, poggiando la schiena contro un masso. Magro e snello, era più piccolo della maggior parte dei Berserker, ma anche il miglior segugio del branco. «È stata portata negli alloggi che abbiamo costruito per voi due, mentre attendevamo gli ordini dell'Alpha.»

«Quali ordini?» chiesi.

«Non hai sentito?» Thorbjorn poggiò una mano sulla mia spalla. «Andiamo a salvare il resto delle donne al convento. Sono tutte profetesse. Il Re dei Morti le ha raggruppate tutte lì, per il suo piano malvagio.»

Leif si strofinò le mani. «Alcune di loro diventeranno le nostre spose.»

«Tu, ovviamente, sarai esonerato dal combattimento», mi rassicurò Brokk. «Sarai troppo impegnato con la tua compagna.»

Aggrottai la fronte.

«Cosa c'è, Knut?» disse Thorbjorn. Sia lui che Rolf mi studiarono mentre si scambiavano sguardi complici.

«Se Hazel fosse la mia compagna, non esiterei a correre da lei», aggiunse Leif, che poi grugnì, quando Brokk gli diede una gomitata.

«Ho perso il controllo», dissi con la voce e il petto serrati, a causa della vergogna che provavo. «Si fidava di me, e io l'ho delusa. Ha vissuto tutta la sua vita in schiavitù, in quel convento. Non la obbligherò a restare con me.»

«Ha chiesto di vederti», disse Leif.

«Allora andrò da lei e la libererò.»

«Tu sei il suo compagno.» Brokk incrociò le braccia sul petto. «Siete già legati l'uno all'altra.»

«Non rischierò di nuovo di farle del male.»

«Non le farai del male», sbuffò Rolf.

«O almeno, non le farai del male in un modo che non le piace. È proprio questo che distingue le profetesse dalle altre donne.» Leif lanciò il pugnale in aria, afferrando l'elsa e lasciando penzolare la lama nel vuoto per sottolineare il suo punto di vista. «A loro piace un po' di dolore.»

«Danno alla Bestia ciò che brama», mormorò Thorbjorn. «Sottomissione.»

«A lei non piace», grugnii io.

«A lei piaci tu», puntualizzò Leif.

«È abbastanza coraggiosa da affrontarti?» chiese Brokk.

«Già.» Non riuscii a trattenermi dal sollevare un angolo della bocca. «È una piccola guerriera.»

«Bene.» Rolf si staccò dal masso per stringermi un braccio. «È forte. Può affrontare te e qualsiasi cosa le darà la Bestia.»

«Non vuole sottomettersi», ammisi. «Si oppone.»

«Allora opponiti anche tu.» Leif mi fece l'occhiolino. «E vinci.»

HAZEL

*L*e sorelle mi lasciarono negli alloggi. «Porteremo le guardie con noi, ma non allontanarti», mi avvisarono. «Manderemo Knut da te.»

Avrei voluto chiamarle per dirgli che non volevo vedere Knut se questo desiderio non era corrisposto, ma non ci riuscii.

Anche se c'era un letto pieno di morbide pelli, camminai avanti e indietro sul pavimento, incapace di dormire.

Alla fine, spinsi le grandi porte per aprirle ed esplorare l'ambiente che mi circondava. La foresta era stata ridotta per fare spazio alla casetta e alla radura in cui era situata. Un gruppetto di fiori selvatici era cresciuto accanto a un ceppo. Gli enormi Berserker avevano dovuto tagliare con cura l'albero, facendo attenzione a non schiacciare i delicati boccioli. Feci un passo per prenderne uno e un'ombra mi coprì.

«Knut!»Mi alzai di scatto, pronta a saltare tra le sue braccia, ma poi vidi il suo volto solenne.

«Hazel...»Alzò una mano sulla mia testa, ma non mi sfiorò nemmeno. «Stai così bene...»

«Anche tu», dissi io. Dov'era il guerriero sicuro di sé, pronto a sollevarmi e portarmi negli alloggi?

Knut stava osservando la struttura, perciò la indicai con un cenno del capo.

«Questa è la casa in cui vivrò. Non posso tornare al convento.»

«No, non puoi.»

Tormentai la gonna con le mani. «Questa nuova vita mi spaventa, ma devo accettarla.»

«Sei sempre molto coraggiosa, quando sei spaventata.»

«Knut…»Mi sporsi verso di lui, e lui indietreggiò.

«Hazel, devo porti le mie scuse.»

«Per cosa?»

«Per aver perso il controllo. Gli Alpha sono stati misericordiosi, altrimenti non avrei potuto neanche rivederti.»

Sussultai.

«Dovrei lasciarti andare, Hazel. Meriti un uomo migliore. Io sono un guerriero, non c'è speranza che possa imparare ad addolcirmi e ad amarti.»

Strinsi le mani lungo i fianchi per evitare di stringere lui. «Mi hai detto che non mi avresti mai lasciata andare. Avevi detto che una cosa simile avrebbe rappresentato la tua morte.»

«Sacrificherei la mia vita, per te», disse con tono triste.

«Non puoi andare via.»

«No?»

«No. Siamo legati. Ti sento, nei miei pensieri. E un legame è per tutta la vita, no?» Mi rifeci alle parole di Muriel e Sabine.

«Sì, lo è, ma—»

«Così condannerai anche me a morire!»Poggiai le mani sui fianchi, ma lui scosse la testa e si voltò dall'altra parte. «C'è sicuramente un modo per stare insieme. Knut… Io ho bisogno di te.» Correndo verso di lui, gli presi la mano. «Tra poche notti ci sarà la Luna piena. La mia febbre sarà peggiore, allora. Forse potresti aiutarmi a superarla.»*Quando mi hai legata, mi sono sentita libera.*

Lui sbatté le palpebre, stupito, e sapevo che aveva sentito il mio pensiero sincero.

«Puoi restare finché non sarò uscita dal calore?»

«Solo fino ad allora?»Un sorriso gli affiorò sul viso e in quel momento seppi di aver vinto.

«Beh, dopo ciò…»Pensai furiosamente ad una scusa. «Magari avrò bisogno del tuo aiuto per coltivare il giardino!»

«Un giardino?»Mi cinse le guance con le mani, ridacchiando. «Hazel… sono un vecchio guerriero. Non ho idea di come si maneggino le cose piccole e fragili.»

«Ti insegnerò io.» Mi poggiai al palmo della sua mano. «Possiamo curarlo insieme. E tu mi insegnerai a combattere.»

«Sai già come si combatte.»

«Solo perché so che ci sei tu a proteggermi.» Sollevai il mento. «Io voglio *te,* e nessun altro. Non ero sicura già all'inizio, ma adesso lotterò per averti accanto a me.»

«Lo faresti davvero?»

Afferrai la sua giacca e mi avvicinai a lui, usando i suoi stivali come scalini. Nonostante ciò, gli arrivavo soltanto a metà petto.

«Non mi lascerai, Knut. Farò tutto ciò che è in mio potere per farti perdonare te stesso, e restare con me.»

«Mi stai sfidando?»

Alzai il mento, fiera. «Sì.»

Con una risata che mi scompigliò i capelli, mi sollevò da terra. «E così, la coniglietta conquista il lupo.»

«Non sono una coniglietta.»

«No, non lo sei.»

Con un sorriso, annodai le braccia al suo collo, gli misi

una gamba intorno ai fianchi e strofinai il mio sesso contro il suo.

Il suo sguardo diventò luminoso e caldo. «Continua così e ti farò inginocchiare per scoparti la bocca. Spargerò il mio seme sul tuo volto e ti toccherò finché non sarai calda e pronta, per poi lasciarti così. Vedi se non lo faccio.»

«Mmm...»,mormorai io, e tornai a terra, per voltarmi dall'altra parte. «Forse andrò negli alloggi e mi prenderò il mio piacere da sola.»

Riuscii soltanto ad avanzare di qualche passo prima che le sue braccia mi avvolgessero da dietro, tirandomi contro di lui.

«Non così velocemente. Questa è mia», affermò, coprendo il mio sesso con la sua mano. «Me ne prenderò cura giorno e notte e la nostra unione darà i suoi frutti.»

«Allora vieni, lupetto» gli feci le fusa. «Il mio giardino ha bisogno di essere arato.»

In un istante, finii tra le sue braccia, Knut intento a camminare verso la casetta. Allungai la mano e aprii le porte per farci entrare. Non si fermò finché non mi stese sul letto.

Sollevò la mia gonna, senza disturbarsi di togliersi i pantaloni prima di spingersi nella mia intimità già umida.

KNUT

*A*ffondai il mio membro fino in fondo dentro di lei. La soddisfazione sul volto della mia donna mi disse che non avrei mai dovuto lasciarla.

Le sue gambe si avvolsero intorno a me. Mi spinsi dentro di lei, ancora e ancora, dondolando in avanti sul letto finché non fui completamente su di esso. Togliendo una mano dal suo fianco, le afferrai un seno attraverso il vestito e sentii la sua intimità contrarsi.

«Indossi troppi vestiti», grugnii.

«Non mi hai dato nessun avvertimento», ansimò lei.

«E non lo farò mai.» Mi spinsi fuori da lei e la girai, stavolta alzandole la gonna quel tanto che bastava per esporre il suo sedere ai miei occhi, prima di guidarmi dentro di lei. Era così bagnata, quando la presi da dietro, con i miei fianchi che sbattevano contro il suo culo pieno di carne. «Aspetto tu sia sempre nuda e pronta, almeno per questo primo mese. Te l'ho detto dall'inizio.»

Lei inarcò la schiena, muovendosi al mio ritmo. Leccai e baciai il lobo del suo orecchio e vi sussurrai il mio focoso intento: «La Luna sta crescendo velocemente. Presto sarà piena, e tu sarai matura e fertile per me. Il mio bambino ti gonfierà il ventre.»

«Mi stai dando di nuovo ordini?»

«Sì. Dammi figli o figlie forti quanto te.» Scostai lo scollo del suo vestito per morderle la spalla. «Ti piace quando ti do ordini.»

«Invece no!» Si alzò di scatto e si fece per allontanarsi strisciando. Le afferrai i fianchi e la tirai indietro.

Guaì quando le sculacciai il sedere con selvaggia soddisfazione.

«Knut, basta. Farò la brava, farò la brava!»

«Inginocchiati sul letto», le ordinai. «Culo in su, testa giù.»

Tremando, lei obbedì. I petali rosa del suo sesso fecero capolino davanti ai miei occhi. Le strizzai il sedere e poi gli diedi uno schiaffo, facendolo vibrare.

«Knut», gemette lei.

«Zitta.» Chinandomi, toccai con la lingua la sua fica bagnata.

Con un sussulto, si allontanò.

«Stai ferma.» Le presi i fianchi e la tirai verso di me prima di sculacciarle entrambe le natiche, fino a farle diventare di un rosa acceso.

«Ti addestrerò ad obbedirmi, in tutto. Troverai piacere nel darmi piacere.» Le mie dita trovarono le sue pieghe umide e le accarezzarono.

«Tieni il culo in su. Offriti a me.»

Con un leggero sospiro, lei fece come le avevo detto. La mia piccola donna era totalmente in mostra, con la schiena inarcata, sforzandosi di non soccombere a tutti quegli stimoli.

«Bellissimo.» Le divaricai le natiche e ammirai il suo piccolo buco nero. Il suo respiro accelerò. «Non hai nulla da temere.»

«Lo so», disse dolcemente, con la bocca contro le lenzuola.

La premiai con una leccata. Lei gemette, premendosi ancora di più contro il letto, ma non si mosse.

«Brava bambina.» Le accarezzai il sedere. Presto le avrei fatto il bagno e le avrei rasato il sesso, così da renderlo liscio e incapace di nascondere anche solo una minima parte ai miei occhi. Avrei messo la bocca su ogni parte di lei, per stimolarla e imparare quale fosse la zona più erogena. La Bestia avrebbe assaporato ogni orgasmo urlato, ogni urlo, ogni gemito.

Ma prima l'avrei sculacciata e scopata finché non le fosse stato chiaro a chi appartenesse.

«Apri le gambe.» Attesi finché non spostò le ginocchia, divaricando le gambe il più possibile, prima di seppellire il mio volto tra le sue cosce. Ansimando, spinse i fianchi all'indietro, così da incollare la sua fica sulla mia bocca.

«Oh, oh!»Ondeggiò i fianchi sul mio viso. Alla lingua aggiunsi le dita. Il suo sapore dava dipendenza: non ne avrei mai avuto abbastanza.

«Non venire finché non te lo ordino» le dissi tra una leccata e l'altra.

Le sue mani si chiusero a pugno sulle pelli.

«Knut, ti prego.»

«No, Hazel.»Mi alzai e mi spostai in avanti per cingerle la nuca con la mano, così da poterla tenere giù ferma mentre le sculacciavo il sedere, ancora e ancora. Aveva gli occhi vitrei, la bocca rilassata, così morbida e aperta, vittima del piacere.

«È così che sarà», le dissi. «Il tuo piacere nelle mie mani. La tua vita nelle mie cure. Questo è ciò che mi dà pace e uno scopo.»

La sua piccola mano si avvicinò per accarezzarmi il cazzo. Io smisi di sculacciarla per godermi il suo tocco mentre le mie dita giocavano con le sue pieghe. Un sorriso annebbiato le affiorò in volto, dalla sua bocca scivolarono leggeri gemiti di piacere che mi facevano impazzire. Aspettai finché non riuscii più a resistere, e mi spostai dietro di lei.

«Vieni per me», ringhiai, e mi spinsi nelle sue profondità. Lei si sollevò sulle mani, muovendosi contro di me con tutta la forza che il suo piccolo corpo poteva raccogliere.

Con un ululato, la presi tra le mie braccia. La Bestia dentro di me raggiunse la superficie, e io accarezzai la sua carne tremante con le zanne, la stessa carne che sembrava implorarmi di morderla di nuovo.

Fu proprio quello a portarla al limite: urlò, la sua vagina si contrasse contro il mio membro, mentre io mi svuotavo dentro di lei e le parlavo attraverso i pensieri. *La mia coniglietta. La mia piccola guerriera.*

Mia, soltanto mia.

* * *

Spero ti sia piaciuto questo libro! I prossimi libri della saga dei Berserker sono Catturata dai Berserker *e* Rapita dai Berserker, *con protagonisti Leif e Brokk, Rolf e Thorbjorn. Sono romanzi completi e indipendenti, con oggetto menage MFM, nessuna azione MM, soltanto due Berserker che reclamano la propria donna.*

LIBRO GRATUITO

Ricevi un libro segreto sui Berserker, "Allevata dai Berserker"
(solo per i fan più accaniti sulla lista e-mail di Lee=)
Vai qui per cominciare... https://geni.us/BredBerserkersIT

LA SAGA DEI BERSERKER

Per più di un secolo, i guerrieri Berserker hanno combattuto e ucciso per i re. Ma c'è un solo nemico che non possono sconfiggere: la bestia dentro di sé.

<u>Venduta ai Berserker</u>
<u>Accoppiata ai Berserker</u>

<u>Allevata dai Berserker</u> (solo per i fan più accaniti sulla lista e-mail di Lee=)

<u>Presa dai Berserker</u>
<u>Data ai Berserker</u>
Rivendicata dai Berserker

LE SPOSE BERSERKER

Salvata dai Berserker

Catturata dai Berserker

Rapita dai Berserker

Legata ai Berserker

Piccoli Berseker

Posseduta dai Berserker

La Notte dei Berserker

Domata dai Berserker

Comandata dai Berserkers

I GUERRIERI BERSERKER

Ægir
Siebold

 omanzo Paranormale

LA SAGA DEI BERSERKER. Questi valorosi guerrieri non si fermeranno di fronte a niente per rivendicare le loro compagne…Comincia con Venduta ai Berserker

ALFA RIBELLI, con Renee Rose (cattivi ragazzi licantropi) – comincia con Tentazione Alfa.

ROMANZI CONTEMPORANEI

IL MIO DADDY È UN Marine

*L*ee Savino, scrittrice di successo dello USA Today, scrive libri incentrati principalmente su storie d'amore "smexy". *Smexy* è una combinazione di "smart" e "sexy", quindi Sexy e Intelligente, esattamente come i suoi personaggi. Trovala sul gruppo Facebook "Goddess Group" e scarica il suo libro gratis su www.leesavino.com!

Se non sei ancora sazio di ménage, dai un'occhiata alla serie Draekon! Se vuoi altri licantropi sexy, invece, dai un'occhiata alla sua serie chiamata Alpha. Lee ha scritto molti libri, ma queste due saghe dovrebbero tenerti impegnato per un bel po'!

Puoi trovarla su:
www.leesavino.com